夏目総一郎の恋愛

天野かづき

16716

角川ルビー文庫

目次

口絵・本文イラスト／水名瀬雅良

「…………彼方《かなた》？」

かすれた声で名前を呼ばれて、俺はこぼれそうになったため息を飲み込む。

本当は、彼が——総一郎《そういちろう》さんが寝《ね》ている間に出て行くつもりだったのに……。

そう思いながら、ついさっきまで自分も寝ていたベッドを振《ふ》り返った。

二人並んで寝ても広々と使えるようなベッドに、男が一人起き上がってこちらを見つめている。

端麗《たんれい》という言葉がぴったり来るような、華《はな》やかな人だった。華やかで、やさしげで、けれど少しも軽薄《けいはく》に見えないのは、表情やしぐさのせいだろうか？

「起こしちゃいました？」

俺はわざと、できるだけ軽い口調でそう言った。

「どうしました？　まだ朝食には早いですよ？」

午前五時半過ぎ。三月も下旬《げじゅん》ということもあって、そろそろ外は明るくなってきたけれど、総一郎さんが言う通り朝食には早すぎる時間だ。

「だから、ですよ。寺崎《てらさき》さんに見つかったら恥《は》ずかしいじゃないですか」

一緒《いっしょ》に朝食を摂《と》るのが当たり前と思っているらしい相手に、俺は苦笑《くしょう》をこぼす。

寺崎さんというのは、この別荘《べっそう》の管理をしてくれている老人だ。俺が早朝のうちにここを出ようとした、本当の理由は違《ちが》ったけれど、顔を合わせ辛《づら》いというのも嘘《うそ》ではない。

寺崎さんにとってこの人は雇《やと》い主というだけではなく、大切なお坊《ぼっ》ちゃんらしいことはなんとなく接し方でわかっていたし、そのお坊ちゃんと寝てしまったあとに顔を合わせるのはいかにも気まずい。

けれど本当の理由は、一晩だけ、行きずりの相手の前から面倒《めんどう》なく消えようと思ったからだった。

「俺は、ホテルに戻《もど》りますから」

「それなら、送っていきます」

ベッドから降りようとした総一郎さんに、俺は頭《かぶり》を振る。

「大丈夫《だいじょうぶ》です。散歩がてらぶらぶら帰ります」

「送らせて欲しいと言ってもだめですか?」

その言い方に、胸の奥が甘くよじれる。

なんだろう、これ。たった一晩の関係なのに……。

いや、一晩の関係だからかもしれない。現実感のまるでない、仮想恋愛《れんあい》みたいな、そんな甘ったるさが胸の中にあるから。

それでも、俺はこれを本当の恋愛にするつもりはなかったし、相手だってそんなつもりはないだろうって思う。

だって、立場っていうものがある。

はっきり聞いたわけじゃないけど、総一郎さんは金持ちのお坊ちゃんらしいし、俺は俺で、すでに就職の決まった身だ。

しかも、就職先は私立高校。そこで社会科教諭《きょうゆ》をすることになっている。教員が聖職だなんて俺だって思ってないけど、さすがに子どもを預かるという立場上、男とできてるだなんて知られるわけにはいかないと思う。

本当に恋《こい》ならそんなもの気にしないかもしれないけど、まだ恋じゃない。恋になる前に、面倒ごとは回避《かいひ》したい。

俺はいわゆるゲイだけど、この学生生活最後の春休みが終わったら、男と恋愛するのはやめにしようと前々から決めていた。

だからこそ、面倒を避《さ》けてさっさと消えようと思ったのに……。

「ホテルまでなんて、歩いてもすぐだし……」

「そうですか……」

総一郎さんはようやくあきらめてくれたのか、苦笑して頷《うなず》いた。

けれど。

「そうだ。夕食を」

それじゃあと、俺が別れを口にする前に、相手がそう言った。

「今夜、もし予定がないなら、また一緒に夕食をどうですか？」

「夕食……」

「ええ。この辺は初めてなんですよね？　お勧《すす》めの店がいくつかあるんです」

——行けないと、そう言うべきなのはわかっていた。

だけどもしそう答えたら、どうしてなのかと食い下がられそうで、俺は結局頷いてしまう。

それが不誠実だとわかっていながら……。

そして、決める。

やっぱり、ホテルに戻ったらすぐに荷物をまとめて、一人暮らしのアパートに帰ろう。

金持ちっぽいし、すぐに口説いてきたから、きっとこの人も本気じゃないと……きっとこういうの慣れてるんだと思ってたけど、この様子だとまずかったかもしれない。

「七時頃迎《ごろむか》えに行きます。携帯《けいたい》の番号を訊《き》いても？」

「あ……携帯は」

どうしよう、と迷ってから俺は小さく頭を振った。

「……旅行先で携帯が鳴るのがいやで、持ってきていないんです」

「そう、なんですか」

目に見えてがっかりしたような相手に、俺は思わずすみません、と謝罪して。

「あの、よかったら総一郎さんのを聞いておいてもいいですか？」

と、訊いてしまった。

もちろん、かけるつもりはない。それで相手が安心してくれるならと思ったのだ。

「はい、もちろん」

総一郎さんは頷いて、ベッドから降りた。手近にあったバスローブを羽織ると電話の横にあったメモにさらさらと書き付ける。

「はい、どうぞ」

「――ありがとう」

指が触《ふ》れないように、自分でもどうしてこんなにと思うくらい気を遣《つか》ってメモを受け取ると、今度こそ俺は踵《きびす》を返した。

ベランダに直接つながっている玄関《げんかん》のドアを開け、二段ほどの階段を下って芝生《しばふ》の刈《か》り込まれた庭へと下りる。

少し離《はな》れてから、俺は一度だけその建物を振り返った。

落ち着いた赤茶色の屋根と壁《かべ》。窓の桟《さん》やベランダの手すりは白い。リビングにあった暖炉《だんろ》のものだろう、屋根には煙突《えんとつ》が一つ突《つ》き出ている。

メルヘンという感じではないけれど、外国の物語にでも出てきそうな、いい意味で雰囲気《ふんいき》のある家だった。

そう、物語の中みたいなのがちょうどいい。

それが確認《かくにん》したくて、振り返ったのだ。

自分がたった今までこの中にいたことも、そこであの人と——総一郎さんと抱《だ》き合ったことも、総一郎さんを坊ちゃまと呼ぶ寺崎という名前の老執事《しつじ》のことも、全部全部物語の中のこと……。

そう心に念じて、俺は始まりもしなかった最後の恋と一緒に、ゲイである自分を捨てた。

——人生最後の春休みの終わりまで、あと一週間という日の朝のことだった。


「何回見てもきれいな学校だよなぁ……」

春休みも終わり、出勤初日。

私立藤白《ふじしろ》高校の職員玄関で、俺は大きなため息をついた。

中学・高校とどちらも田舎《いなか》の公立に通っていた俺には、ここが同じ『校舎』という建物だということが信じられないくらいだ。

建物自体がきれいだというのもあるけど、普通科《ふつうか》以外に美術科もあるからかな？　来客用の玄関でもある職員玄関を入ったアトリウムには、絵や彫刻《ちょうこく》を展示するスペースがある。そこには月代わりで生徒が制作した作品が展示されていて、美術館のような雰囲気があった。

今日からここが自分の職場になるのか……。

「とりあえず職員室へ行って、それから会議室で挨拶《あいさつ》と入学式の話を聞いて……」

緊張《きんちょう》でひっくり返りそうな胃を抱《かか》えつつ、今日の予定を呟《つぶや》いてから、ふと首を傾《かし》げる。

初《しょ》っ端《ぱな》から、履《は》き替《か》えた靴《くつ》をどうしたらいいのか？　という疑問にぶち当たってしまったためである。

室内用の靴は自分で用意してこい、とは言われていたけれど、下駄箱《げたばこ》の使い方については説明されていなかった。

前に面接に来たときは来客用の下駄箱を使ったけれど、今回はもちろんそんなわけはないだろう。

職員用の下駄箱には教職員のネームプレートが差し込まれていたけれど、ざっと見るかぎり俺の名前はない。

その上、まだ早い時間だからか、玄関には自分以外の人影《ひとかげ》はなかった。

このままぼんやり待ってるっていうのも、ちょっとなぁ……。

「あ、あのー、すみません」

戸惑《とまど》いつつ、俺は玄関脇《げんかんわき》の小窓から事務員さんに声をかける。

「今日からこちらでお世話になる、唯坂《ゆいさか》ですけど」

「ああ、新任の先生？」

四十絡《がら》みの女性はそう言うと、心得たというように頷いて、俺にネームプレートを二枚くれた。

一枚は薄《うす》い横書きのもので、もう一枚は縦書きで五ミリほどの厚みがある。

「名前のないところは空いているから、好きなところにネームプレートを入れて使ってかまいませんからね。それで、こっちの縦書きのほうはこれ」

言いながら玄関脇のずらっと白いプレートの並んでいるボードをさした。

「そこの左下の端《はし》が空いているから、そこに名前の書いてあるほうが見えるように差しておいてください。帰るときはひっくり返して白いほうを向けておくの。そうすれば生徒も先生が学校にいるかいないかわかりますから」

白いプレートが並んでいる、と思ったのは裏面《りめん》を向けて差してあったせいらしい。よく見るとちらほら名前のほうが出ているプレートもあった。

「あ、はい。わかりました」

先生、と呼ばれたことに内心動揺《どうよう》しつつ頷いて、俺はぺこりと頭を下げる。

「ありがとうございました。これからよろしくお願いします」

顔を上げると事務員さんはクスリと笑って、頑張《がんば》ってね、と声をかけてくれた。

俺はそれに頷《うなず》くと、まずは縦書きのプレートをボードの左端《ひだりはし》に差し、空いている場所を探して下駄箱を見回す。

「あ、ここでいいかな」

左から三列目の下のほうに空きを見つけて腰《こし》をかがめた。

プレートを差してから、玄関の端に脱《ぬ》ぎっぱなしだった靴を入れる。それからふと隣《となり》の先生の名前を見た。

右隣が畠山《はたけやま》、そして左隣が夏目《なつめ》（総）。

……カッコ総？

なんだそれと思ってから、すぐに同姓《どうせい》の先生がいるのだろうと気づく。

――そう言えば。

ここ、私立藤白高校の創立者一族の名字が『夏目』だったはずだ。

もともと名家ではあったみたいだけど、何代か前の当主が不動産投資で財を成して、教育や医学の関連にも手を広げたとかなんとか……。

きっと、その一族のうちの一人なんだろう。

別のとこにしたほうがよかったかな？　とちらりと思ったけれど、別に下駄箱が隣だからといってなんということもないだろうと、すぐに思い直す。

そして、用意してきた室内用の靴に履き替えると職員室へと向かった。

また少しずつ、緊張が高まってくる。

うまくやっていけるだろうか？　私立校は公立校と違《ちが》って教職員の入れ替えはほとんどないし、俺自身もできることなら定年まで勤め上げたいと思っている。

今日が、その第一歩になるんだ。

そんな思いを胸に俺は職員室のドアの前で立ち止まり、一度深呼吸した。

ところが。

「おはようございます」

ドアを開けるより前に背後からそう声をかけられて、俺はびくりと肩《かた》を揺《ゆ》らす。

そして、挨拶を返さなければとあわてて振《ふ》り返って――目を瞠《みは》った。

「…………!!」

――……嘘《うそ》だろう？

息が、止まるかと思った。

いや、実際何秒かは止まっていたと思う。

だって、そこに立っていたのは、あの日、あの別荘《べっそう》の一室で別れたはずの男だった。

どうして？　なんでここに総一郎さんが？

何も言えないまま見つめる俺に、相手も同じように目を瞠る。そして、その唇《くちびる》がゆっくりと開いた。

「彼方？」

名前を呼ばれて、この人が総一郎さんによく似た兄弟でもなければ、他人の空似でもないとわかる。

「……一週間振《ぶ》りくらいですか？　今日会えるのはわかっていましたが、朝一番に会えるだなんて嬉《うれ》しいな」

え？

――どういうことだ？

一週間振りっていうのはわかる。確かに俺が旅行をやめて帰ってきてからちょうどそのくらいになる。

けど、会えるのはわかってた？

っていうか、どうしてここに総一郎さんが？

そう疑問に思うのと同時に、ここが自分の職場であり、職員室の前であるという逃《のが》れられない現実に気づく。

「ま、まさかと……思いますけど」

「私は数学科なんです」

すうがくか…………数学科……。

ああ、もうこれは間違《まちが》いない。でも、それでも信じがたくて俺は震《ふる》える声で問う。

「ここの、先生なんですか？」

「はい」

眩暈《めまい》がするほどいい笑顔《えがお》で頷かれて、俺はまたもや言葉を失った。

だって、まさかあんなことして逃《に》げるようにして別れた行きずりの相手と、職場で再会するとか思わないだろう⁉　普通《ふつう》‼

しかも、どういうつもりかわかんないけど、相手は怒《おこ》っているわけでもなければ気まずそうなわけでもない。ただ、にこにこ——というか、むしろきらきらしている。

どうしてこんな態度が取れるんだろう？

きらきらしている総一郎さんと、ひたすら困惑《こんわく》している俺。そこに割って入ったのは、全く知らない第三者の声だった。

「総一郎、おはよー」

明るいその声に、俺を見つめたまますきらきらしていた総一郎さんの視線がそれる。

釣《つ》られるようにして視線をやった先には、学生時代は何かスポーツをやっていたのだろうかと思わせるような、やたらと爽《さわ》やかな雰囲気《ふんいき》の男が立っていた。

身長は総一郎さんといい勝負だろう。年齢《ねんれい》も同じくらいに見える。俺の視線に気づいたのか、相手もこちらを見て、軽く目を瞠った。

「おっ、新任の――えーと」

「あ、えと、唯坂彼方ですっ。よろしくお願いします！」

反射的にそう言ってぺこりと頭を下げると、くすくすと笑い声が降ってくる。

「元気いーなー」

からかうような声に、自分が力みすぎていたことに気づいて頰《ほお》が熱くなった。

力んでしまったのは緊張《きんちょう》のせいというよりむしろ、突然《とつぜん》戻《もど》ってきた現実感のせいだろう。さっきまで、まるで春休みの、あの高原の別荘地に時間が巻き戻ってしまったかのような気分だったから……。

「俺は夏目隆一《りゅういち》。他《ほか》にも夏目っているから、俺のことは隆一って呼んでくれればいいよ」

「あ、はい」

やっぱり同姓の人が多いのか、と思ってからはたと気づく。

じゃあ、ひょっとしてさっきのカッコ総は？

そう思ってちらりと総一郎さんを見上げる。途端《とたん》目が合って、俺はとっさに目をそらした。

どきどきと心臓がうるさく鳴っている。横顔に視線を感じたけれど、もう一度そちらを見る気にはなれなかった。

「あ、こいつは夏目総一郎。ってもう聞いた？」

何事もないように隆一先生にそう言われて、少しだけ力が抜《ぬ》ける。

「す、数学科だっていうことは聞きました」

「そっか。俺とは従兄弟《いとこ》なんだ」

……従兄弟。そして、夏目ということはあの下駄箱《げたばこ》のネームプレートはやっぱり、総一郎さんのものだったんだ。

単なる偶然《ぐうぜん》だし、並んで下駄箱を使う機会なんてそうそうないだろうけど、なんとなく微妙《びみょう》な気持ちになる。

「総一郎とは同じ年だけど、俺のほうが教師歴長いし、科も一緒《いっしょ》だからわかんないことあったら俺に訊《き》けばいーよ」

「え、科も一緒って……」

「唯坂先生は社会科だよな？　俺も同じ社会科だから。仲良くしてね」

「あっ、はい！　よろしくお願いします！」

肩にぽんと手を置かれ、またつい大きな声でそう言ってしまった。

「それはもういいって。っと、中入ろうぜ」

そう背中を押されて職員室へと足を踏《ふ》み入れる。

――その間もずっと、総一郎さんの視線を感じていた。

話しかけられたらどうしようと内心はらはらしていたけれど、そのあとはすぐに自分の机に案内され、そのまま同じ科の先生に紹介《しょうかい》されたりしていたため、やはり自分の席なのだろう、少し離《はな》れた机に向かった総一郎さんとは話さずにすんだ。

とはいえ……。


「これからずっと避《さ》けてくなんてできないよなぁ……」

「うん？　なんか苦手な食いもんでもあった？」

隆一先生にそう訊《き》かれて、俺ははっと我に返った。

ざわざわとした、酔《よ》っ払《ぱら》い特有の喧騒《けんそう》。目の前のテーブルには焼き鳥や、刺身《さしみ》の盛り合わせ、からあげに出汁《だし》巻きたまごなど典型的な居酒屋メニューが並んでいる。

――そうだった。ぼんやりしている場合じゃない。

入学式のあと、社会科の教員全員で飲み会があるからと誘《さそ》われて、俺は学校から程近《ほどちか》い居酒屋に来ていたのだ。

明日ももちろん学校なんだけど、藤白高校では入学式と始業式は別の日に行われるため、午前中は始業式と教科書の配布やホームルームがあるだけで、比較的余裕《ひかくてきよゆう》があるらしい。そのせいで、入学式のあとに飲み会というのは通例行事なのだという。

本当は、総一郎さんのこともあって一人になって考えたい気分だったんだけど、今回は俺の歓迎会《かんげいかい》もかねてるといわれて断れなかった。いや、そうじゃなくても、着任して初めての飲み会を断るなんてできなかっただろう。

「い、いえ……その、つ、漬《つ》け物が！　ちょっと苦手だなぁって」

とっさにそう言ってごまかした俺に、隆一先生がクスリと笑った。

「別に漬け物なんて食べなくても生きてけるだろ？　まぁ、弁当とかいちいち入ってて登場回数は多いけど、無理に食べなくてもいいと思うし」

「……はい、そうですよね」

作り笑いを浮《う》かべて、俺は曖昧に頷《うなず》く。

けれど……。

そうして頷きつつも、俺の中では総一郎さんと今後どうすればいいのかっていう問題がぐるぐると渦巻《うずま》いてた。

もちろん、今だけでなく職員室で他の先生に挨拶《あいさつ》する間も、入学式の間もずっと頭の中を占《し》めていたのはその問題である。

もし俺が総一郎さんの立場だったとして、リゾートで一度寝《ね》ただけの男と職場で再会したら、気まずくて声をかけたりできないと思うんだけど……。

むしろ、あの人のほうが職場に親戚《しんせき》とかわさわさいる状況《じょうきょう》なんだから、俺よりもさらに立場を気にするべきだろう。

なのに、あの屈託《くったく》のない態度はなんなんだ？

いや、屈託がないを通り越《こ》して嬉《うれ》しそうっていうか……。

「そういえばさ、総一郎と唯坂先生って、ひょっとして知り合い？」

「えっ⁉　なんで……」

今まさに考えていたことを訊かれて、俺はびっくりして目を瞠《みは》った。

「あ、やっぱり知り合いなんだ？」

「え、あの……」

知り合いじゃないといいたかったけれど、こんな大げさに驚《おどろ》いたあとじゃごまかしようもない。内心自分のことを馬鹿《ばか》じゃないかと責めつつ、諦《あきら》めて頷く。

「朝なんか話してたみたいだし、あいつ、唯坂先生のほうばっか見てたからさ、なんかあるとは思ったんだよね」

「…………はぁ」

確かに、あの人は俺のほうばっかり見すぎだとは思っていた。

この調子では、隆一先生以外にも気づいている人がいるかもしれない。

だったら、なんの関係もないと突《つ》っぱねるより、思い切ってなんらかの説明をしておいたほうがいいだろう。もちろん、本当のことを話すわけじゃなくて、嘘《うそ》ではないけれど全部でもない、という程度の話を……。

「実は、以前旅行先で会ったことがあるんです」

「旅行？」

これくらいなら別に怪《あや》しくないだろうと思って、言ったんだけど。

「はい。軽井沢《かるいざわ》のほうで……」

「ああ、ひょっとして寺崎さんとこ？」

「知ってるんですか？」

思わぬ反応に、ごまかすことも忘れて驚いてしまった。隆一先生が頷く。

「そっか……」

そして、隆一先生は何かいいものを……好きな童話でも思い出したかのような、やさしくてうれしそうな目をした。

どうしてそんな目をするのか不思議に思っていると、隆一先生は俺の視線に気づいたのか、ちょっと照れたように苦笑《くしよう》する。

「あの別荘《べっそう》に行った？」

「――はい、二度だけですけど」

少しだけ迷って、俺は本当のことを口にした。

寺崎さんの話題に食いついてしまった以上、今更《いまさら》ごまかしてもしょうがないし、どうせ総一郎さんに訊けばわかってしまうことだ。嘘はつかないほうがいいだろう。

「きれいな建物だったでしょ？　古いけど……味があるって言うかさ」

「あ、はい。本当に、そんな感じでした」

最後に振《ふ》り返ってみた、物語のような風景を思い出して頷く。

「あれ、もともとは祖父《じい》さんの別荘だったんだけど、体悪くして働けなくなった寺崎さんのために総一郎が買い取ったんだよ」

「えっ」

あの建物を？　まるで車椅子《くるまいす》でも買ったというくらいの気安さで言われて、俺はぎょっとする。車椅子だってそこそこの値段がするんだけど、それは置いておいて。

「買い取ったって言うのも変か。祖父さん用に別の別荘を買って、あっちを自分のものにしたって言えばいいかな。新しい家とか用意しても寺崎さんは断っただろうし、奥さんのお墓もあの近くにあるから、別荘の管理を任せるっていう形で、住まわせてるんだよ」

「そう……だったんですか……」

それで、寺崎さんはあんなに総一郎さんのことを大事にしていたんだ。

いや、違《ちが》うか。もともと大事にしていたからこそ、総一郎さんがそれに応《こた》えたんだろう。

「すごいな……」

思わず感嘆《かんたん》のため息をこぼした俺に、隆一先生がクスリと笑った。

「すごいよねぇ」

「はい。寺崎さんもすごく、総一郎さんのこと大事だったみたいだし、なんかいいですよね、そういうの」

俺がそう言うと、なぜか隆一先生はパチリと瞬《しばた》き――大声で笑い出した。

「えっ、ちょ、なんですか？」

どうして笑われたんだ？

わけがわからずにおろおろしていると、隆一先生はひとしきり笑ったあと、ようやく俺を見た。

「いや、ごめん。金持ちってすごいなー、系の相槌《あいづち》だと思ったから。なんか、唯坂先生はまっすぐな人だね」

「……はぁ」

褒《ほ》められているのか馬鹿にされているのかどっちだろうと思いつつ、曖昧に頷く。

「でも俺、別にそんな、まっすぐな人間じゃないですけど……」

「自分でわかってないだけじゃないの？　まぁ、いいや。これは総一郎が気に入るわけだな」

くすくすと笑われたことよりも、総一郎さんに気に入られたという言葉のほうが気になった。

「別に、本当に旅先でちょっと別荘にお邪魔《じゃま》しただけですよ？」

「あの別荘にお邪魔できたあたりが、もうすでに気に入られてるってことなんだけどね」

「…………」

そうなんだろうか？

けど、あれは本当に偶然《ぐうぜん》が重なった結果、謝罪の意味で招いてくれただけだし……。

そう思ったけれど、これ以上つっこんで話さないほうがいいだろうと、俺は口を噤《つぐ》んだ。

「総一郎は、俺と違って本家筋だから、いろいろしがらみとか大変なんだよ。だから、プライベートはすごく大事にするんだよね。学校だって、いずれ自分が継《つ》ぐと思ったら、俺みたいに適当にしてるわけにいかないし」

「継ぐ？　継ぐって……どういう」

「あれ？　知らないの？」

いやな予感がした。

ひょっとしてこれ、聞かないほうがいいんじゃないだろうか？

けれど、知らずにいるのも怖《こわ》い。

「……何をですか？」

どきどきといやな感じに高鳴る心臓を押さえつつ、俺は覚悟《かくご》を決めてそう訊《き》き返した。

「今の理事長っていうのが、あいつの親父《おやじ》さんで、あいつは次の理事長なんだよ」

――一体これからどうすればいいんだろう？

帰宅後、俺はコンビニで買った牛乳を冷蔵庫にしまいつつ、深いため息をついた。

「同じ学校に勤めてたってことだけでも、大問題だってのに……」

まさか、総一郎さんが次期理事長だなんて……。

これからどうなってしまうのか、と思う。

「大体、総一郎さんの態度がおかしいんだよな」

普通《ふつう》はそんな、自分が継ぐことになる学校で――しかも、親戚《しんせき》が何人も勤めているという状《じょう》況《きょう》で、一度寝《ね》てしまった相手にあんなに親しげに話しかけてこないだろう。

俺が女だったとしても問題だと思うのに、同性とか……スキャンダルの質が違う。

次期経営者としてどうなんだと、問い詰《つ》めたい。

「いや、まてよ……？」

親しげに思えたけれど、実はあれはそういう振りをしていただけなのかも……。

本当は、俺が黙《だま》って逃《に》げたことを怒《おこ》っている……とか？

それで、俺を困らせようと嫌《いや》がらせとして――。

「って、そんな性格には見えないよな……」

さっき聞いたばかりの寺崎さんとのエピソードを思い出して、いやいやと頭《かぶり》を振る。

むしろ、あんな話を聞いてしまうと、お互《たが》い割り切っていたと思っていた俺が間違《まちが》っていた気がしてくる。

あの朝、遊びだと思って乗ってしまったけれどまずかったかな、と思ったのが、本当にまずいことだったのだという気がして……。

けれど、だったらなぜあんな態度なんだ？

本気だったらやっぱりもっと、怒ったり詰《なじ》ったりしそうなものなのに。

なんてぐだぐだと考えつつ、スーツのジャケットをハンガーにかけたときだった。

「？　なんだ、こんな時間に……」

鳴り響《ひび》いたインターフォンのチャイムに、俺は首をかしげる。

早い時間から飲んでいたこともあって、時間はまだ九時台だったけれど、荷物が届くには遅《おそ》い気がするし、第一その予定もない。

けれど、ここは一応職員寮《りょう》として借り上げられている部屋だし、俺以外にも独身の教員が何人か住んでいるらしいから、何か仕事の関係かもしれない。

そう思って、受話器を持ち上げた。

「はい？」

『――――彼方？』

「っ……!?」

受話器から届いた声に、俺はぎょっとして目を瞠《みは》る。

聞き慣れているというわけではないけれど、さすがに聞き間違《まちが》えようもない。大体、俺をそんな風に呼ぶ相手でここを知っているのは、家族を除けば一人だけだ。

「総一郎さん……」

『遅くにすみません』

そう謝罪した声には、インターフォン越《ご》しでもわかるような甘さがあって、驚《おどろ》いてどきどきしていたはずの鼓動《こどう》が違う意味を持ってしまいそうになる。

『少し話がしたいんですが、開けてもらえませんか？』

「え、で、でも」

明日からどうしようということばかり考えていた俺は、まさかの事態にどうしていいかわからずに口ごもった。

「あの……俺もう今日は休もうと思っていて……」

『少しだけでいいんです。君の顔を見て話がしたい。それに、これからのことも話しておいたほうがいいかと思って』

「それは……」

確かにそうかもしれない。

が、それは電話じゃだめなのかと、のど元まででかかった。けれど、自分の立場を思い出してぐっと飲み込む。

相手は、言ってみれば未来の雇《やと》い主なのだ。

公立の学校と違《ちが》って、私立の場合はまず転勤などはない。よほどのことがないかぎり、普通のサラリーマンと同じように、一生藤白高校で働くことになる。総一郎さんがいつ理事長になるかは知らないけれど、俺が退職するよりもあとということはないだろう。

それに、ここに住んでるのは俺だけではないんだし、あまり揉《も》めていると総一郎さんの姿が見咎《みとが》められる可能性もある。

どちらかというと、そっちのほうが怖い。

『彼方?』

「――わかりました。今開けます」

結局俺はそう言って、オートロックを解除した。

それから、とりあえずハンガーにかけたスーツのジャケットと、春コートをクローゼットにしまって、ワンルームの室内をぐるりと見回した。

引っ越《こ》してきたばかりで、まだいくつか段ボールが残っているけれど、それほど汚《よご》れてはいないし、見られてまずいようなものもない。

そう確認《かくにん》しているうちに、もう一度、今度は二回続けてチャイムが鳴る。

魚眼レンズを覗《のぞ》くと、そこには学校で見たときよりもラフな格好の総一郎さんが立っていた。

車できたのだろうか？　ジャケットも着ていないようだ。

俺は一度深呼吸をすると、覚悟を決めてドアを開けた。

「こんばんは」

総一郎さんは、そう言うとにっこりと微笑《ほほえ》む。

その眩しいような笑顔《えがお》に、思わず顔が引きつった。とはいえ、とりあえず怒っているのを隠《かく》しているようには見えない。

――本当にどういうつもりなんだ？

「……こんばんは。どうぞ」

激しく疑問に思いつつそう言って、狭《せま》い部屋に総一郎さんを招き入れる。

「適当に座ってください」

「ありがとうございます」

総一郎さんはそう言うと、ベッドを背にしてカーペットの上に直接腰《こし》を下ろした。

ベッドとテーブル、テレビ台から続くローチェストに本棚《ほんだな》、ライティングデスクくらいしかない殺風景で狭苦しい部屋に、総一郎さんの姿はいかにも不釣《ふつ》り合いでなんとなくこっちが落ち着かない。

座布団《ざぶとん》の一つも買っておくべきだっただろうかと思いつつ、俺はキッチンでお湯を沸《わ》かし始めた。

「お茶しかないんですが、いいですか？」

そう言ってキッチンから一段下がるだけでドアもない部屋へと視線を向けると、こちらを見ていた総一郎さんと目が合ってどきりとする。

「いえ、こちらが押《お》しかけたんですから、お構いなく」

その言葉に曖昧に頷《うなず》き、俺は視線から逃げるように顔を伏《ふ》せた。

なんか、こんな風にじっと見られると、この人と一度は寝たんだってことを、どうしても意識してしまう。

総一郎さんは部屋に二人きりだからといって、無理やり押し倒《たお》したりする人ではないと思うけど……。

実家から送ってもらった緑茶を淹れて、キッチンから戻《もど》る。

湯飲みを二つテーブルに並べて、俺は角を挟《はさ》んで総一郎さんの隣《となり》に座った。

本当はちょっと距離《きょり》をとって正面に座りたかったんだけど、部屋が狭いせいで総一郎さんの正面はほとんどローボードにくっついているのである。

こんなことなら適当にとか言わないで、奥に座ってもらえばよかった……と思うけど、今更《いまさら》仕方がない。

「おいしいです」

どうしていいかわからずに、俯《うつむ》いてテーブルを見つめていた俺は、その声にハッと顔を上げた。

「あ、実家が静岡なので……」

「そうなんですか。どうりで。寺崎が淹れるものよりおいしい気がします」

「そんなこと、ないと思いますけど……」

緑茶は小さい頃《ころ》から親しんできたから、淹れるのは得意だけれど、あんな生まれたときから執事《しつじ》だったような老人に敵《かな》うはずはないと思う。

「そういえば、寺崎さんはお元気ですか？」

「ええ。元気ですよ。ありがとうございます」

出会ったきっかけがきっかけだったので、その言葉にほっとした。

――そう、俺と総一郎さんが出会うきっかけとなったのは、俺が発作《ほっさ》を起こした寺崎さんの薬を拾ったことだったのだ……。


「春休みの割りには静かだよなぁ……」

湖のほとりにある、高原の別荘《べっそう》地。

三月も下旬《げじゅん》。風は少し冷たいけれどいい天気で、思わず外に誘《さそ》われてしまうようなそんな陽気だ。

なのにこの静けさはなんなのだろう？

まるで自分が遭難《そうなん》してるんじゃないかと思うレベルで人気がない。

「なんなんだ？　一体……」

泊《と》まっているホテルの周辺や、少し街のほうに出ると子ども連れやカップル、学生らしいグループとか、観光客っぽい姿がいくらでも目に入るのに。

こうしてホテルの裏手から山のほうに上がった途端《とたん》、鳥の声や木々のざわめきばかりが耳に入って、まるで別の世界に来たみたいだった。

「不況《ふきょう》の影響《えいきょう》か……それとも、避暑《ひしょ》地だから夏のほうが賑《にぎ》わってんのかな？　いやでも、駅前は結構人いたしなぁ？」

俺は小さく首を傾《かし》げつつ、緩《ゆる》やかな坂道を歩く。

細い道だが、下のほうにホテルが見えるから、迷うことはないだろう。

大学生活最後の春休み。

これが終わったら就職が決まっている身としては、これがおそらく人生で最後の長期休暇《きゅうか》だろう。

そう思ったら、卒業旅行とは別に、一人でぶらぶらと旅がしてみたくなった。正直、一人旅というのはしたことがなかったのだが、案外性《しょう》に合っているようだ。

同じく一人旅らしい人や地元の人と話すのも楽しいし、一人になりたいときはすぐになれるのも気が楽だし。

「これでちょっとした出会いでもあったら、言うことないのになぁ」

旅先でのちょっとした擬似恋愛《ぎじれんあい》のような？

そんなことを呟《つぶや》いていたせいだろうか。

ふと前を見ると、坂道のむこうから人影《ひとかげ》が現れた。買い物帰りなのか、手に袋《ふくろ》を提《さ》げているようだ。

といっても、遠目に見ても相手は初老の男性で、残念だが俺の好みではない。

性別は問題ないけど、あまり年齢《ねんれい》が離《はな》れているのは年上でも年下でも興味がわかなかった。

この辺の別荘《べっそう》の人なのかな、なんて思いつつ、徐々《じょじょ》に近づいてくる相手を見ていたのだが……。

――なんか、おかしい。

妙《みょう》に足取りがふらついている。

昼間から酔《よ》っているのかとも思ったけれど、それにしては顔が紙のように白いのが気になった。

それに、手が……。

あれは心臓を押さえているんじゃないのか？

そう思った途端、老人の手から荷物が滑《すべ》り落ちた。

「あっ」

そのまま、二、三歩進んだ相手の体がぐらりと傾《かたむ》いたのを見て、俺はあわてて駆《か》け寄る。

「大丈夫《だいじょうぶ》ですかっ？」

「っ……ぐ…っ」

うずくまった老人の手が、地面を探《さぐ》るように伸《の》ばされていた。見るとそこには片手に収まる程度の、筒状《つつじょう》のものが転がっている。

俺は急いでそれを拾い上げた。

「これですか？」

拾ってみて、それが薬の吸入器《き》だと気づく。以前、喘息《ぜんそく》の薬で似たようなものを見たことがあった。

俺はそれを苦しそうにしている相手の手に握《にぎ》らせる。相手はそれの蓋《ふた》を開けると口に当て、金属でできた底の部分を押した。

しゅっと空気が漏《も》れるような音がする。

そうして一分ほど経《た》つと、薬が効いてきたのだろう、目に見えて相手の表情が穏《おだ》やかになってきた。

「……大丈夫ですか？」

俺は最初にも聞いた問いをもう一度口にして、相手の顔を覗《のぞ》き込む。

老人がはっとしたように俺を見つめた。

「あ、ああ。すみません。もう大丈夫です。薬を使おうと思ったら落としてしまって……」

「そうだったんですか」

下り坂だから、少し遠くまで転がってしまったのだろう。

老人の口調がしっかりとしていたので、とりあえずはよかったとほっとする。

とはいっても、あんな様子を見たあとじゃ、完全に安心することはできそうもない。

「――この辺にお住まいなんですか？」

「え？　あぁ、そうです」

「なら、おうちまで送りますよ」

俺の言葉に、相手は驚《おどろ》いたような表情になった。

「そんな、とんでもない。ご迷惑《めいわく》でしょう」

まぁ、そう言うよな。

予想していた反応に、俺は苦笑《くしょう》して頭《かぶり》を振《ふ》った。

「いえ、俺は単に散歩していただけで、これといった予定もないし」

「いやいや、大丈夫ですよ。すぐそこですから」

「それなら余計ですよ」

「うん？」

不思議そうな顔をした老人に、にっこりと笑う。

「俺が送っていくのもほんの少しですむんだから、遠慮《えんりょ》しないでください。また何かあったら大変でしょう？　この辺妙に人通りがないし……」

薬が効いているとはいえ、やっぱり目の前であんなところを見てしまったら心配にもなる。

相手は俺の言葉にきょとんとして、それからくすりと笑いをこぼした。

「どうかしました？」

「いえいえ。それじゃあ、お言葉に甘えて、送っていただきましょうかね」

その答えに俺はほっと頬《ほお》を緩め、立ち上がる。ついでに、落としたときの衝撃《しょうげき》で、少し中身がこぼれてしまった買い物袋を拾い上げた。

「持ちますよ」

受け取ろうとする老人の手を笑顔《えがお》で制し、老人と並んで歩き出す。

「ご旅行ですか？」

あからさまに若輩《じゃくはい》である自分に向かっても、上品な口調を崩《くず》さない相手に、俺はこくりと頷《うなず》いた。

「昨日から、この道のすぐ下にあるホテルに泊まっているんです」

「ああ、あのホテルですか」

納得したように頷かれて、この辺に散歩にくるようなのって、あのホテルの客くらいだったりするのかな？　と思う。

「あの、この辺は初めてなんですが、春はこんな感じなんですか？」

「こんな？」

「随分《ずいぶん》静かだと思って」

「ああ」

老人はそう相槌《あいづち》を打つと、少しの逡巡《しゅんじゅん》のあと言った。

「——実を言うと、このあたりは私有地なんですよ」

「え？」

私有地？

思いがけない言葉に俺は驚いて目を瞠《みは》った。

「あ、す、すみません！」

それからあわてて謝罪を口にする。

「全然知らなくて……」

人通りがないのも当然である。

さっき俺がこの辺は妙に人通りがないと言ったとき、驚いていたのはそのせいか、と思う。

私有地だったんなら、人がいないのなんて当たり前だ。

「いえいえ。知らない人が入り込んでしまうことは、ときどきありますし、そもそも私有地の看板を立てていないのがよくない」

そう言って老人は鷹揚《おうよう》に笑った。

「去年の秋に、台風で飛ばされてしまいましてね。夏の観光シーズン前には、と思っていたんですが……」

聞けば、地元の人間は知っているから入ってこないし、観光客は観光客でこちらは道も細く、見るものも何もない上に、ホテルなどで配っている散策コースのMAPにも（当たり前だが）載《の》っていないため、迷い込んでくる数は高が知れているのだという。

逆にもう一方の、老人が歩いてきたほうにある市街に近い道は、よく散策される道から一本入るだけになるから、そちらには私有地の看板をかけてあるらしい。

「ああ、ここです」

十分も経たないうちに老人が立ち止まったのは、予想外に小ぢんまりとした、時代がかった建物の前だった。

落ち着いた赤茶色の屋根と壁《かべ》。窓の桟《さん》やベランダの手すりは白い。暖炉《だんろ》でもあるのだろうか、屋根には煙突《えんとつ》が一つ突《つ》き出ている。

メルヘンという感じではないけれど、外国の物語にでも出てきそうな、いい意味で雰囲気《ふんいき》のある家だった。

芝生《しばふ》の刈《か》り込まれた庭から、二段ほどの階段を上がればベランダ。そして、ベランダの奥にドアがあり、どうやらそれが玄関《げんかん》のようだ。

俺は少し迷って、ベランダにあるテーブルに運んできた荷物を置いた。

「それじゃ、俺はこれで」

「おや、そんなことを言わずにお茶でもいかがですか?」

相手はそう言ってくれたけれど、俺は頭を振る。

「それよりも、早めに休んでください」

俺の言葉に老人はぱちりと瞬《しばた》いてから、ゆっくりと微笑《ほほえ》んだ。その笑顔に、自分まで少し嬉《うれ》しくなる。

「それじゃ」

気恥《きは》ずかしい気持ちで頭を下げ、踵《きびす》を返す。

「ありがとうございました」

そして背中に届いた感謝の言葉に一度だけ振り返って手を振ると、そのあとは振り返らずに建物の敷地《しきち》を出て、足早に道を戻《もど》った。

――――んだけど。

さっき老人と出会った場所まで来て少し迷う。

「こっちのほうが近いって言ってたよな……」

ホテルからここまでは二十分ほどかかった。

どこからが私有地だったかはわからないが、私有地とわかったからには早くここから出るべきだろう。

そう判断して、俺はさっきとは違《ちが》うルートで坂を下り始める。

下りのあとは少しだけ上り坂になり、もう一度坂が下りになるともう、坂道の先に市街地が見えた。

「ほんとに近いな……」

迷ったりしないだろうかと少し心配に思う部分もあったけど、これなら大丈夫《だいじょうぶ》だろう。

そうほっと息をついたとき、前から車が一台走ってくるのが見えた。

そして、道の端《はし》に寄った俺の目の前で、ゆっくりと止まる。

どうしたのかと立ち止まると、するすると窓が開き、運転席から思わずどきりとするような華《はな》やかな美形が顔を出した。

けれど、思わず見蕩《みと》れそうになった顔には、困惑《こんわく》の表情が浮《う》かんでいる。

どうしたんだろ？　そう、疑問に思っていると、相手が苦笑して口を開いた。

「すみませんが、こちらは私有地なので……」

「あ」

その言葉に、俺はハッとする。

そう言えばそうだった。

さっきの老人と似たところはないが、ここを私有地と言うからには、この人は家族か親戚《しんせき》か……ともかく関係者なのだろう。

こちら側には看板があるという話だったし、この人の目に自分は、私有地の看板を無視して入り込んだ困った観光客に見えているに違いない。

「す、すみません！　すぐに出ます」

「はい、お願いします」

俺の言葉に相手は小さく頷いた。車はすぐに発進して見えなくなる。きつく咎《とが》められなかったことにほっとしつつ、少し残念にも思った。

「めちゃめちゃ好みのタイプだったのになー」

そういう相手に悪印象を持たれるというのは、相手が二度と会うことのない相手でもなんとなく凹《へこ》む。

まぁ、そうじゃない相手にだって、できれば悪印象なんて持たれたくないけど、凹みの度合いが違うというか。

もっとも、俺が私有地に入り込んだのは事実だから、しょうがないんだけど……。

思わずため息をこぼして、俺はまた坂道を下り始めた。

けれど……。

もう二度と会うことのない相手。

そう思っていたその人と、俺が思わぬ再会を果たしたのは、そのわずか十分後のことだった。

なんとなく凹んだ気分から脱却《だっきゃく》できないまま、観光をする気にもなれず、一旦《いったん》ホテルへ戻った俺は、ロビーに足を踏《ふ》み入れてすぐ、驚《おどろ》きのあまり立ち止まってしまった。

安ホテルの狭《せま》いロビーにはまったく似合わない人が、安っぽい茶色の合皮のソファに座っている。

え？　なに？　分身の術？　双子《ふたご》？　それとも幻覚《げんかく》だろうか？

たった今、坂の途中《とちゅう》ですれ違ったはずの相手が、すぐそこにいるというのが信じられず、ぱちりと瞬いた途端《とたん》、その人が俺に気づいて立ち上がった。

そして、そのまままっすぐ俺に向かって歩いてくる。

「すみません」

そう声をかけられて、俺は何も言えないままその人の顔を見上げる。

背が随分高い。俺が百七十ぎりぎりくらいだから、多分百八十以上はあるんじゃないだろうか？

「こちらのホテルにご宿泊《しゅくはく》ということだったので、ご迷惑《めいわく》かとは思ったんですが待たせていただきました」

「え？」

待ってたって……え？　俺を？

理由が全くわからず、思わずぽかんとしてしまう。

その上。

「先ほどは、すみませんでした」

そう頭を下げられて、ぎょっとした。

「ええっ？」

「寺崎に聞きました。先ほど、発作《ほっさ》が出たところを、あなたに助けていただいたんだとか。それなのに、失礼なことを言ってしまって……許していただけますか？」

寺崎というのは、あの老人のことだろうか？

この物言いだとどうやら家族ではなかったようだ、と思ってから、ようやく相手の謝罪の言葉が脳に届いた。

やっぱりこの人は——当然だけど、双子でも幻覚でもなく、さっきの人本人らしい。

冷静に考えれば、相手は車で俺は徒歩なんだから、戻るまでに追い抜《ぬ》かれていても不思議じゃなかった。

「あ、え？　そんな、許すもなにも……俺が私有地に入っちゃったのは確かなんだし、あなたが謝るようなことじゃないです」

驚きのあまり回らない舌であわててそう言いつつも、徐々《じょじょ》に心が浮き立つのがわかる。

思わぬ形で誤解が解けて——いや、私有地に立ち入ってしまったのは事実なんだけど、少なくともあのとき与《あた》えてしまった悪印象を拭《ぬぐ》うことができたのが、自分でも意外なくらい嬉しかった。

「よかった。——それで、もしよろしければなんですが、今夜うちにいらっしゃいませんか？　お詫《わ》びに、夕食にご招待させていただきたいんです」

「え？」

まさかそんなことを言われると思わず、俺はまたしてもぽかんとしてしまう。

「ぜひ。寺崎も楽しみにしていますから」

「あ、あの」

「七時頃《ごろ》、こちらまでお迎《むか》えに参ります」

「でも、そこまでしてもらうほどのことじゃ……」

畳《たた》み掛《か》けるように言われて、あわててパタパタと手を横に振《ふ》る。

魅力的《みりょく》なお誘《さそ》いではあるけれど、ちょっと荷物持ちをした程度で、さすがにそんな図々《ずうずう》しい真似《まね》をするわけにはいかない気がした。

——んだけど。

「……やはり、そう簡単には許していただけませんよね」

途端に、困ったような悲しそうな表情でそう言われて……。

「じゃあその、お邪魔《じゃま》じゃなければ……」

気づいたときにはそう、口にしてしまっていた。


そしてその夜、俺は夕食の席で総一郎さんに口説かれて、その気になって……一夜限りの関係を持ってしまったのである。

一夜限り――の筈《はず》だったのに。

「それにしても、こんな偶然《ぐうぜん》あるんですね」

「本当に……」

にこにこと微笑《ほほえ》まれて頷《うなず》いたものの、本当に偶然なんだろうか？　と疑問がわきあがる。

あの別荘《べっそう》地でならともかく、こんなまったく関係ない土地で再会するなんて、正直できすぎているという気がしなくもない。

けれど、俺の就職は、あそこに行く前から決まっていたことだし、旅行自体突発《とっぱつ》的なものだ。何かを仕組むことなどできるはずもない。

もちろん、総一郎さんが何かを画策してまで俺と再会する理由もない。本当に不幸な偶然なんだろうと思う。

「あの日、彼方が突然いなくなって、何か起こったのかと心配しました」

「……すみません」

そう言われるとさすがに申し訳なくて、俺は謝罪の言葉を口にした。

「いえ、謝らないでください。きっと何かやむにやまれぬ理由があるんだろうと、思っていましたし」

「え」

逃《に》げたことを、暗に責められているのかと思ったんだけど……。

心の底からそう思っているらしい総一郎さんの表情に、俺はひょっとして、と思う。

「新任職員の資料を見て、本当にびっくりしました。落ち着いたら連絡《れんらく》をくれるだろうと思ってはいましたが、こんな形で再会できるとは思っていなかったので」

「…………」

――ひょっとして、俺が逃げたことに気づいてない？

そんな馬鹿《ばか》な、と思いつつもそれなら総一郎さんが怒《おこ》っている風でもなければ気まずそうでもなく、あの日の続きのように、親しげに振《ふ》る舞《ま》ってくるのにも納得《なっとく》がいく。

けど、本当にそんなことがあるんだろうか？

なんて考えていた俺は。

「こんな形で再会できるなんて、運命だと思いませんか？」

「は？」

頬《ほお》を染めた総一郎さんにそう言われて、思わず目を瞠《みは》った。

いや、俺じゃなくても目を瞠るだろう。

こんな台詞《せりふ》、総一郎さんがこれほどの美形じゃなかったら噴《ふ》き出していたと思う。

けど、よくよく考えるとあの別荘での夜も、総一郎さんはこんな調子だったんだよな。くさいことぽんぽん言うって言うか。

あのときは俺も酔《よ》ってたし、何より旅先の浮《う》かれた気持ちとか非現実感もあって、笑うよりも、なんかおかしな陶酔感《とうすいかん》が先に立っちゃったんだけど。

それに、この調子だったからこそ、これだけの美形な上、こんなにぺらぺら甘いことを言うんだから、きっとそれなりに遊んでるんだろうと思ってしまったのだ。

この調子だと、俺のとんだ勘違《かんちが》いだったみたいだけど……。

「彼方？　どうかしましたか？」

「あ、えと………ソウデスネ……」

とてもじゃないけど、総一郎さんを直視できなくて俺は顔を伏《ふ》せて小声でそう言った。

途端にクスリと、笑い声が聞こえて……。

「あの日からずっと、君のことだけを考えていました」

「わ……っ」

突然、総一郎さんの腕《うで》に抱《だ》き寄せられた。ぎゅっと背中を抱かれて、鼓動《こどう》が近くなる。

「会いたかった……」

そのほっとしたような声に、心が痛み、つい総一郎さんの背中に手を回してしまった。

「彼方……」

背中を抱く腕が緩《ゆる》み、囁《ささや》くように名前を呼ばれて、顔を上げる。

「っ……」

途端《とたん》に触《ふ》れるだけのキスをされて、頬がカッと熱くなった。

その頬にも唇《くちびる》が触れる。そして、もう一度唇に……。

――って！

「あああああのっ」

「なんでしょう？」

あ、危なかった危なかった危なかった……!!

もう少しで流されてしまうところだった。

それくらい、総一郎さんの作る雰囲気《ふんいき》は甘くて、かつ外見は俺の好みなのである。

心を強く持たないと、すぐに流されてしまいそうだ。

「こっ、ここは職員寮《りょう》だし、万が一声が漏《も》れたりしたら困るので……っ」

本当は、はっきりと、あれは自分にとっては一夜限りのつもりだったし、こんなことはしないで欲しいと告げるべきなのかもしれない。

けれど。

『会いたかった……』

あんな声で言われたら、とてもじゃないけど言えないと思ってしまう。

それに、相手は今後もずっと同じ職場で働く先輩《せんぱい》で、かつ次期理事長なんだし……あまり気まずいことになりたくない。

できるだけやんわりと距離《きょり》を広げていきたいというか。

「と、とにかく離《はな》れてください……！」

小声でそう言うと、ようやく総一郎さんの腕が解けた。

「確かに私としても、彼方の立場を悪くするのは本意ではありませんしね」

その言葉に、ほっと息をつく。

「じゃあ――――」

学校でも、あまりかかわらないで欲しいと言おうとしたそのとき。

「明日、彼方が学校に行っている間に防音のリフォームをしておきますね」

「…………は？」

想像もつかなかった提案に、思考が停止した。

防音の、リフォーム……？

「声が漏れないようにすれば、いいんですよね？　ここはもともとそれほど防音は悪くないですし、人の声程度ならドアとサッシ、換気扇《かんきせん》の交換《こうかん》、あと遮音《しやおん》カーペットを敷《し》けばほとんど問題ないと思います」

「い、いや、あの、俺の部屋だけ防音とかないですよね？　それ絶対おかしいと思われますよね？」

「じゃあマンション全体を……」

いやいやいやいや。

「ぼ、防音リフォームとか、そんなの絶対だめですっ」

「そうですか？　まぁ、確かに全体となると明日すぐに、というわけにはいかないですけど…

…告知の期間も必要ですし」

「いや、そういう問題ではなくて……」

なんだその発想。

どうしてそうなった!!

「あ、でも、ここって一部が借り上げられてるだけで全部が寮ではないんですよね？」

さすがに、マンションごとなんて無理だと思うんだけど。

「まぁ、そうですが、借りているのはうちの不動産部門からですし」

「うち……って夏目家ってことですか？」

「はい」

にっこりと微笑《ほほえ》まれて、そう言えば夏目家って、もともとが不動産投資で大きくなった家なんだったと思い出す。

それに、よく考えると総一郎さんには、寺崎さんのために別荘を買ったという逸話《いつわ》があるんだったよな……。

それを思えば、防音リフォームくらいは簡単なのかもしれない。

といってももちろん、俺にとっては一大事だし、マンション全体を巻き込むとかもう本当に勘弁《かんべん》して欲しいわけで――。

「声……我慢《がまん》、します…から」

ぐっと、一度唇を引き結んでから、俺は恥《はじ》を忍《しの》んでそう口にした。

総一郎さんが驚《おどろ》いたように瞬《しばたた》き、それからそっと微笑む。

「……いいんですか？」

こくりと無言で頷《うなず》くと、どんどんと顔が熱くなってくるのがわかった。

なんで自分から許可を出すような展開になっているのかと思うと、恥《は》ずかしくて仕方がない。

けど、マンションを巻き込んでリフォームとか、そんなことされるくらいなら、声を我慢して抱かれたほうがましだと思う。

それに、リフォームなんてされたら断れない上に、ますます関係が深まってしまうんじゃないだろうか？

そうなるくらいだったら別に、総一郎さんとは初めてじゃないんだし……。

「け、けど、明日も学校なんですから、あんまり……」

「はい、無茶《むちゃ》はしません」

本気だろうかと思うくらいいい笑顔《えがお》でそう言うと、総一郎さんはそっと俺の頰《ほお》に触れて、ゆっくりと唇を重ねた。

「ん……っ」

柔《やわ》らかく何度も重ねられ、それから少しずつキスが深くなっていく。

入り込んだ舌が歯列を辿《たど》り、ゆっくりと絡《から》められる。

「っ……ふ…っ」

そうしてキスを続けながら、頰に触れていた総一郎さんの指が、ゆっくりと首筋を撫《な》で下ろした。

「ベッドを使っても？」

「……はい」

促《うなが》されるままに立ち上がり、ベッドに押し倒《たお》される。

もう一度キスをされながら、ネクタイが解かれるのを感じて、どきりとした。

社会人になったら、もう男とは関係を持たない、と思っていたのに……。

本当に流されてしまっていいんだろうか？

「ん……っ」

けれど、疑問を感じている間にも、少しずつ行為《こうい》はエスカレートしていって、すぐにそんなこと考えられなくなってしまう。

「ンッ……んっ、ん……ぅっ」

はだけられたシャツの下で尖《とが》っていた乳首《ちくび》に、総一郎さんの唇が触れ、ゆっくりと吸い上げられる。俺は思わず上がりそうになった声を、必死で殺した。手のひらをぎゅっと唇に押し付ける。

「ふ……っ、んっんっ」

下着ごとズボンを取り払《はら》われ、開かれた足の間に総一郎さんが入り込んでくる。指が直接、下肢《かし》を探《さぐ》った。

こぼれそうになった声を押し殺すたび、体の中に熱が溜《た》まっていく気がする。

息が苦しくて、涙《なみだ》で視界がゆがんで見えた。

「そんなに一生懸命我慢《いっしょうけんめいがまん》されると、なんだか意地悪したくなりますね」

クスリと笑われて、手の甲《こう》にちゅっとキスされる。

まさか総一郎さんの口から『意地悪』なんて言葉が出ると思わなくて、ぎょっとした。

「冗談《じょうだん》ですよ。やさしくします」

俺の表情を見て総一郎さんはそう言って微笑み、下肢に触れていた指をゆっくりと動かす。

乳首をくすぐるような舌の動きもあくまでソフトだ。

けれど、どんなにゆっくりした刺激《しげき》でも、刺激には変わりない。

「…っ……ん…ん…っ…」

じわじわと染《し》み出てくるような快感に、総一郎さんの手の中のものが少しずつ熱を持っていくのが分かる。

それに、確かにこんな触《ふ》れ方だったら声を漏《も》らさずにすむけれど、もどかしさについ手のひらに押し付けるように腰《こし》が動いてしまって、羞恥《しゅうち》に頬が火照《ほて》る。

なんか、これじゃまるで俺のほうが乗り気みたいじゃないか？

「ふ……っ、ん……ぅっ」

「乳首、敏感《びんかん》ですよね。この前も思ったんですけど……もうこんなに尖ってる」

吸われて心持ち膨《ふく》らんだように感じる尖りを、総一郎さんの舌が転がす。

じわりと腰の奥のほうに快感が伝わって、膝《ひざ》で足の間にいる総一郎さんの腰を挟《はさ》み込んでしまいそうになった。

「こういうのはどうですか？」

「ん……っ」

囁《ささや》くように問われて、舌でぐりっと乳首を押され、今度はそれをさらに強く吸われて……。

「ん、んぅ……っ」

「ああ、少し強かったですか？」

そう言うと総一郎さんはすぐに唇《くちびる》を離してくれたけど、そこはじんじんとしていて、膨らんでいるだけでなく一回り大きくなってしまったような感覚がした。

「やさしくしようと思っているのに、久々で私も気が逸《はや》っているみたいです」

苦笑《くしょう》して、今度はなだめるように、まだ触れられていなかったほうの乳首にそっとキスを落とした。

そして、同時に下腹部にある手のひらを、ゆっくりと上下に動かす。

「ふ……んぅっ」

総一郎さんの舌がそっと乳首を舐《な》め上げた。

濡《ぬ》れた柔らかな感触《かんしょく》が、ささやかな快感だけを伝えてくる。

もどかしさに俺はふるふると頭《かぶり》を振《ふ》った。

「いやですか？」

問いにこくりと頷いて、俺は少しだけ手のひらを浮《う》かせる。

もう、我慢できそうになかった。

「もっと……強く、してください」

「いいんですか？」

少しわざとらしいと思えるようなしぐさで目を瞠《みは》られて、からかわれているのだろうかと羞恥に頬が熱くなる。

けれど……。

俺はもう一度唇を押さえて、こくりと頷く。

「でしたら……」

「ん…ぁ…っ…ん…っ」

軽く歯を立てられて、乳首に痛みに近い快感が走る。急に強くなった刺激に、膝がびくりと震《ふる》えた。

逆側の乳首も、親指で押しつぶすようにされて、強い快感が下肢まで走る。

もうイキたい。けれど強くなったのは乳首への刺激だけで、下腹部に置かれた手はあいかわらずゆるやかな動きを続けていた。

もどかしさに膝が震え、踵《かかと》がシーツを擦《こす》る。

「彼方……」

総一郎さんの唇が、再び俺の手の甲に触れた。

キスができないことがもどかしいと伝えるように何度か触れられて、俺はそっと口元から手のひらを外した。

途端《とたん》待ちかねていたようにキスされる。

とんとん、とノックするように舌が唇に触れて、俺はそっと口を開いた。

総一郎さんの舌は唇の中にもぐりこみ、舌先が歯列をたどる。

「ん……っ…ん…ん…っ！」

乳首を摘《つま》まれ、軽く引っ張られ、びくりと体が震えた。

けれど、深いキスのおかげで声は唇からこぼれることはない。

総一郎さんの手がゆっくりと足を撫で、片方の膝を持ち上げた。その体勢に狼狽《ろうばい》する間もなく割り開かれた後ろに指が触れる。

「んんっ…」

そして、その指が潜《もぐ》り込んでくると、俺はすがりつくように総一郎さんの首に腕《うで》を回し、ぎゅっと抱《だ》きついた。

ゆっくりと、もどかしくなるほどやさしく後ろを開かれて、まるで強請《ねだ》るように総一郎さんの指を締《し》めつけてしまう。

「そんなに締めつけられると……我慢《がまん》できなくなりそうです」

ゆっくりと、指が中をかき混ぜるように動いた。

「あ…うっ……んっ」

唇が離《はな》れたせいでこぼれてしまった声を、あわててかみ殺す。

「ああ、すみません」

総一郎さんはそう言うと、また俺の唇を塞《ふさ》ぐようにキスをくれる。

今度は自分から口を開いて、その舌を招き入れた。

「んっ……んっ」

指が前立腺《ぜんりつせん》をかすめるたびに、びくりと体がはねる。

総一郎さんにもそれが分かっていると思うのに、指はあちこちに触れてきて、俺はいつの間にか指の動きにあわせて腰を揺《ゆ》らしてしまっていた。

「ふ…っ…ん…ぅ…っ」

抜《ぬ》き差しされている指とは別に、もう一本の指が入り口をくすぐるように撫《な》でる。

その指が欲しくて、入り口がパクパクと蠢《うごめ》いているのがわかった。

あさましいと思うけれど、止められない。

ようやく後ろにもう一本指が入りこんできたときには、こぼれた先走りが後ろまで流れて、くちゅくちゅと音を立てているのが、前なのか後ろなのかも分からなくなっていた。

「ん…ん…っ…ふっ…ぅ」

やがて指が三本に増えたけれど、やはり痛みはほとんどない。むしろ早く総一郎さんのものを入れて欲しくてたまらなくなった。

無意識に総一郎さんの指をぎゅうぎゅう締めつけてしまう。なのに、総一郎さんの指はその中を割り開くように動いた。

抜き差しされるたびに恥《は》ずかしい音がして、そこがもうどろどろにとろけているのだと、思い知らされる。

俺は頭を振るようにして、唇を離した。

「彼方……？」

「総一郎さ……おねが……もう、入れて……っ」

できるだけ小声で、ささやくように言う。

「も、我慢できない……っ……」

「そんなことを言って……どうなっても知りませんよ？」

「ちゃんと声、我慢します……から……っ」

そう言って、もう一度唇を手のひらでぎゅっと押さえる。

「……わかりました」

総一郎さんはそう言うと、もう片方の膝も持ち上げた。指で散々開かれた場所に総一郎さんのものを擦りつけられて、たまらない気持ちになる。

「んっ…ん、ん…っ…ん」

総一郎さんのものをぐっと押し入れられ、強い快感から逃《のが》れるように、無意識に俺は背中を反らして伸《の》び上がった。

「あ、んっ……んー…っ」

けれど、総一郎さんの腕が俺をしっかり押さえているせいで、逃れるどころかすぐに一番奥まで埋《う》め込まれてしまう。

「ん……っ……はぁっ」

まだ入れられただけなのに、快感で体がびくびくと震えた。

「中が動いているのが、わかりますか？」

「わ、かんな……っ…」

手のひらの下でもごもごと答える。

「そうですか？　ここがびくびくして、とてもかわいい……。今度見せてあげたいくらいです」

つっ、と入り口を指でなぞられて、総一郎さんのものを締めつけてしまう。じらされて敏感《びんかん》になっているせいだろうか、そうするとまるで入っているものの形までわかるような気がした。

「動きますよ？」

「……うん」

俺は一度息を吸い込んでから、こくりと頷《うなず》く。

それを確かめてから、総一郎さんがゆっくりと腰《こし》を引いた。

「ふ……っ」

中から出て行く感覚に、ぞわぞわと快感が背中を這《は》い上がる。

そのまま、今度は腰を突《つ》き上げるようにして奥まで入れられた。

何度も何度も中をかき混ぜられて、腰から下が溶《と》けてしまうような快感を味わわされる。

俺は必死で声をこらえたけれど、実際どこまで抑《おさ》えられたか自信はない。

それくらい、ただもうおかしくなりそうなほどの快感に揺さ振《ぶ》られて……。

総一郎さんがひときわ強く突き上げた瞬間《しゅんかん》、前に触《ふ》れられることのないまま、俺は絶頂へ達していた。

「ふ……っ……」

続いて中で総一郎さんがイッたのがわかる。

「彼方……」

ゆっくりと、髪《かみ》を撫でられて、額にキスが落ちた。それから総一郎さんのものがずるりと中から抜かれる。

「かわいかったです」

「…………」

ちゅっちゅっ、と何度も頬《ほお》や鼻の頭、唇《くちびる》にキスされながら、荒《あら》い息をつく。

総一郎さんのそういうところを好ましく思いつつも、射精後の妙《みょう》に冷静になった頭にむくむくと湧《わ》き出したのは、深い後悔《こうかい》の念だった。

――これ、もう完全に恋人《こいびと》の扱《あつか》いだよな……。

なんかやっぱり判断誤ったかもしれない……。

やたら幸せそうな顔をしている総一郎さんを見つつ、俺はまだ整っていない呼吸に、そっとため息を混ぜ込んだ……。

入学式から……総一郎さんと再会してから四日。

「唯坂先生」

三限のあと、職員室に戻《もど》った俺は席に着くより先に総一郎さんに声をかけられて、引きつりそうになった口元を出席簿《ぼ》で隠《かく》した。

ちなみに、『唯坂先生』という呼び方は俺がどうしてもとお願いして、聞いてもらったものだ。

職場なんだからけじめが大事だといって説き伏《ふ》せた。けれど、それ以外は……。

「お昼ご飯食べに行きませんか？」

――やっぱり。

この四日間、総一郎さんは毎日毎日飽《あ》きもせず、俺をランチに誘《さそ》いに来る。

昨日は職員室じゃなくて、社会科準備室に逃《に》げ込んでみたけど、迎《むか》えにこられて逆に他《ほか》の先生の視線が痛かった。

なので今日は諦《あきら》めて職員室にいたんだけど……。

「唯坂先生？」

「はい、行きます」

内心、行けばいいんだろう行けば！　くらいの気持ちで俺はこくりと頷いた。

相手は次期理事長なのだ。新米教師の俺に拒否権《きょひ》などない。

いや、総一郎さんは断ったところで怒《おこ》らないかもしれない。むしろ、気になるのは周囲の視線のほうだ。

なんていうか、食事の誘いって断るのも逆に不自然な気がするんだよな。どうせ同じ学食で食べるんだし……。

せめて毎回二人っきりじゃなければましなんだけど。

なんて考えていたら。

「あ、昼飯？　俺も行くー」

まるで俺の心でも読んだみたいに、隆一先生が声をかけてくれてびっくりした。

「いいだろ？」

「……いいですけど」

確認《かくにん》するように訊《き》いた隆一先生に、総一郎さんがこくりと頷く。

この四日間、隆一先生はこの時間に職員室にはいなかったんだけど、どうしたんだろう？

今日は三限が空きだったのかな？

なんて思いつつ、俺は二人と一緒《いっしょ》に職員室を出た。

学食は職員室を出て隣《となり》の校舎へ渡《わた》る、渡り廊下《ろうか》の右手にある。向かいには中庭があり、今日みたいに天気のいい日はベンチにトレーを持ち出して食べている生徒も多いようだ。

「唯坂先生は、うどんですか？」

「はい、なんか麺類《めんるい》食べたくなっちゃって」

食券を買いつつこくりと頷く。

俺が買ったのはきつねうどん定食という、きつねうどんにかやくごはんとお漬《つ》け物のついたセットだ。

ここの学食は値段も安いし、味もおいしいし、量も男子学生が満足できるだけのものがある。

この学校にしてよかったと、心から思える点の一つだ。

そんなことを思いつつカウンターのほうへ足を進めていると。

「隆一せんせー」

女生徒の声が隆一先生を呼んだ。見ると隆一先生がひらひらと手を振っている。

よくよく考えれば、隆一先生だって夏目一族なんだし、ほっとしている場合じゃないのかもしれない……。

ここ四日、総一郎さんと二人きりで食事してると異様に視線を集めてる気がして嫌《いや》だったんだけど、今日は隆一先生が一緒のせいか、さらにひどい気がした。

「そういえば、隆一先生は生徒と一緒に食べなくて大丈夫《だいじょうぶ》なんですか？」

暗黙《あんもく》の了解《りょうかい》で職員側と決められているらしい、奥にある丸テーブルの席につきつつ、念のため訊いてみる。

さっきは総一郎さんと二人にならなくてすむことにほっとしていて、そこまで考えが回らなかったけど、この四日間、隆一先生は、俺と総一郎さんが学食に来る頃《ころ》にはとっくに、生徒たちが利用する長いテーブルの席で、女子生徒に囲まれていた。

「ん？　ああ、平気平気。別に約束してるわけじゃないし」

「そうなんですか……」

「うん。一人で食べるのもつまんないし、他の先生と食べるのもなんか気詰《きづ》まりだし、なんとなく顧問《こもん》してる部活の生徒に話しかけられて一緒に食べてるうちに、気づいたらああなってただけなんだよね」

「人気あるんですね」

まぁ、かっこいいし気さくだし、人気ありそうだよなぁとは思う。

「隆一は昔からそうなんですよ。子どもにも女性にも好かれるし、面倒見《めんどうみ》もいいので」

やっぱりそうなのかと俺が頷くと、隆一先生が苦笑をこぼした。

「お前に言われたくないなー。人気者っていうのに関しては俺よりお前のほうがよっぽどすごいんだし。特に女関係は」

「唯坂先生に誤解されるような発言はやめなさい」

「誤解？」

困ったように言った総一郎さんに、隆一先生が首を傾《かし》げる。

「ちょ、べ、別に誤解もなにも、お二人が人気者なのはよくわかってますから！」

おかしなことを言い出しそうな総一郎さんを止めようと、俺はあわててそう言った。

一体、何を言い出すんだよと思わず総一郎さんを睨《にら》んだら、心配そうな目をされて毒気を抜《ぬ》かれてしまう。

そんな顔しなくても、別に嫉妬《しっと》したりしないしと言いたいけれど、ぐっとこらえた。

なんだかこれでは本当に、職場恋愛《れんあい》をしているみたいじゃないか……？

――いや、『みたい』じゃないのかも。

実を言うとあれ以来、総一郎さんは毎晩俺の部屋にやってくる。

もちろん体がもたないからとか、慣れない仕事で疲《つか》れているからと断って、セックス自体はしてないけど、それでも毎日訪問されれば気疲れする。

総一郎さんの垂れ流してくる、甘ーい雰囲気《ふんいき》に流されないように気を張ってるのも疲れるし、総一郎さんが通ってきていることがほかの職員にばれたら、何か言われるだろうかと思うと落ち着かない、っていうのもある。

もちろん夜のことだけじゃなくて昼のことだってそうだ。同じ教科でもないのに、毎日総一郎さんが俺を誘いに来るのがそもそもおかしい。

けれど、総一郎さんにそれを言っても、単に同僚《どうりょう》として仲良くなったと思われているだけですよ、とか流されちゃうんだよな……。

確かに、男二人が仲いいからって、即《そく》ゲイだと結びつけるほうがめずらしいと思うし、その辺は俺が女だった場合よりもましなんだろうとは思う。気にしすぎだと言われればその通りなのかも。

けどやっぱり、いきなり毎晩部屋に来るほど仲がいいとか、おかしい気がするんだけどな……。

でも。

つるつるとうどんをすすりながら、俺は総一郎さんをちらりとみる。

途端《とたん》に、目が合ってにこりと微笑《ほほえ》まれた。

——この、くもりない態度。

総一郎さんの、俺が逃げたとは微塵《みじん》も疑ってない態度を見ていると、後ろ暗いところのある俺としては、どうしてもきっぱりと撥《は》ねつけることができなくなってしまう。

もちろん、次期理事長の機嫌《きげん》を損《そこ》ねるようなことはしたくないというのもあるけど……なんか、罪悪感を覚えるというかなんというか……。

それに、もともと総一郎さんは好みのタイプだし、ついつい流されてしまうのもしょうがないと思う。

まぁ、これに関しては俺が完全に悪いんだけど。

とはいえ、教職という立場上、ゲイであることがばれるのはやっぱりまずい。

いくら相手が次期理事長だといっても、生徒やその保護者の心証まではコントロールできないし。クビになることはなくとも、白い目で見られるのは間違《まちが》いないだろう。

とかなんとか俺がぐるぐる悩《なや》んでいると、先に食べ終わった隆一先生が、ため息をついた。

「そう言えば総一郎さ……少しは唯坂先生のことも考えたらどう？」

「っ……!?」

呆《あき》れたようなその言葉に、びっくりしてうどんを噴《ふ》き出しそうになるのを必死でこらえる。

まさか、俺と総一郎さんのことを、知ってるのか？

入学式の日はそんな感じなかったのに、そのあと総一郎さんが何か言ったんだろうか？

なんて、血の気が引きそうな気分だったんだけど。

「お前がやたら唯坂先生をかまうせいで、唯坂先生と他の先生との距離《きょり》が開いちゃってるだろ？」

「は……………」

なんだ、そのことか……。ほっと胸を撫《な》で下ろした。

隆一先生の言葉に、一瞬《いっしゅん》本気でばれてるのかと思ったけど、さすがの総一郎さんも、隆一先生にばらしたりはしていなかったらしい。

とはいえ。

——他《ほか》の先生との距離、か。

確かに俺もそれは少し感じていた。

なんとなくだけど、少し遠巻きにされているような気がするのだ。

まだ五日目だからかなと思わなくもなかったんだけど、隆一先生がこう言うっていうことは、総一郎さんの存在が関係していたらしい。

まさかと思うけど、なんかおかしなことを言って、総一郎さんに告げ口されたらかなわないとでも思うのかな？

「そうだったんですか？　すみません……」

「えっ、そんな、別に大丈夫です」

しゅんとされて、俺はあわててそう言った。

「別に無視されているわけじゃないですし……あ、むしろたまに何かあると親切にしてくれるくらいで……」

それは本当だった。なんでだろうと思っていたけど、多分遠巻きにされているのと同じ理由だったんだろう。

「そうですか」

ほっとしたように微笑む総一郎さんに、俺はひょっとして今突《つ》き放すべきだったんじゃ……と思いつつ、曖昧《あいまい》に笑い返した。

ああ…やっぱり俺の意志薄弱《はくじゃく》が一番よくないって気が……。

「ま、とりあえずそんなわけで、今夜は唯坂先生の歓迎会《かんげいかい》を社会科でやるから、お前は口出すなよ」

「えっ？」

言葉は総一郎さんに向けられたものだったけれど、むしろ俺のほうが驚《おどろ》いて目を瞠《みは》った。

俺の歓迎会って……聞いてない。まったくの初耳だった。

っていうか。

「あの、歓迎会って、入学式の日にしてもらったはずですけど……」

「あーあれ？　あれはあくまで入学式のついでだったし、今回は歓迎会がメインだから」

「………」

意味がわからない。

けれど、そういえば昨日、今日の予定を訊《き》かれて「まだ仕事に慣れなくて、予定を入れるような余裕《よゆう》はないです」と答えたことを思い出した。

あれって、このためだったのか……。

「嫌《いや》なら嫌と断ったほうがいいですよ。社会科は特に酒好きが集まっているから、多分その理由であと何回かは飲み会があるはずです」

「え？」

「あ、お前、余計なこと言うなよ」

ぱちりと瞬《しばた》いた俺を見て、隆一先生があわてたように言った。

ということは、総一郎さんの言い分は本当だということだろう。どうやら断っても問題ないようだ。

――――けど。

「せっかくだから行きますよ。他の先生方ともこの機会に距離を縮めたいですし」

そう言ったのは、もちろん言葉どおりの意味もあったけど、一番はその場に総一郎さんがいたからだった。

今夜は、総一郎さんの襲来《しゅうらい》は防げるだろうと、内心ほくそ笑《え》んでいたんだけど。

——その考えはちょっと浅はかだったかもしれない。

「それで」

「総一郎先生と唯坂先生はどういった関係なんですか？」

右と正面に座った戸浦《とうら》と大川《おおかわ》という女性の先生に詰《つ》め寄られて、俺は左にいた隆一先生をすがるように見つめた。

けれど、隆一先生は特に加勢してくれる気はないらしく、ニヤニヤと笑っている。

この前と同じ居酒屋で飲み会が始まって約一時間。

ちょうどいい感じに、場がぐだぐだになってきているところだった。

「え、えと……」

飲み会が始まったばかりのときは、やっぱりちょっと遠巻きにされてる……って言うか、どう接していいかわからないというような微妙《びみょう》な態度だったんだけど、アルコールによって好奇《こうき》心《しん》のほうが上回ってしまったんだろうか？

「……た、単に、ここに来る前に旅行先で出会ってたってだけです」

こうなったらさっさと話して楽になってしまおうと、まるで警察に捕《つか》まった犯罪者のような思考で、俺は隆一先生にしたのと同じ説明を口にする。

「旅行先？」

「はい」

きょとんとした顔になった大川先生たちに、はっきりと頷《うなず》いた。

「本当に？」

「親戚《しんせき》とか、学生時代の後輩《こうはい》とか、婚約《こんやく》者の弟とかじゃないんですか？」

「はぁ？」

口々に訊かれて、思わず首を傾《かし》げてしまう。

親戚とか後輩とか……婚約者の弟？　一体どういうことだろう？　そんなうわさになってるのか？

「なんで、そんな話になってるんです？」

「だって総一郎先生と言ったら」

「ねぇ？」

ぱちぱちと瞬く俺の前で、戸浦先生と大川先生が、そう顔を見合わせる。

「な、なんですか？　総一郎先生に何か？」

そんな風に言われると、俺が知らないような特殊《とくしゅ》な顔があるのだろうかと、少し心配になってしまう。

「うーん……立場のこともあると思うんだけど、誰《だれ》に対しても一定の距離をおいているっていうか」

「うん。仲良くしてるのって隆一先生くらいで、あとはみんな平等って感じだったから、てっきり唯坂先生も親戚なのかなって思って」

なんだ、そういうことか。

あれ？……ってことは、別に総一郎さんと一緒《いっしょ》にいたから、遠巻きにされてたわけじゃなくて、俺自身も夏目に関係があると思われてて、それで遠巻きにされてたって可能性もあるのかな？

いやでも、隆一先生は総一郎さんのせいって言ってたし……。

第一、その隆一先生自身は、夏目姓《せい》なのにまったく避《さ》けられていない。

ということは、やっぱり、総一郎さんが次期理事長だから？

あの人は次期理事長だからって、何かする人には見えないけど……。

そう思ってから、自分こそがそう考えて、総一郎さんに強いこと言えないなって思っていたことに気づいた。

でも、今はそういう人じゃないよなって思い始めてるし……。俺よりもっと一緒にいた時間の長い先生たちなら、とっくにわかっていそうなものだ。

――ってことは、俺が思ってることが間違《まちが》ってて、本当は怖《こわ》い人なのか？

「あ、あの、総一郎先生ってどういう人なんですか？」

俺は思い切って、そう訊いてみた。

うちの学校での、総一郎さんの立ち位置をちゃんと知っておいたほうが、俺がこれからどうするかも考えやすいんじゃないだろうか？　と思ったのだ。

「え？　唯坂先生のほうが詳《くわ》しいんじゃない？」

大川先生に不思議そうな顔をされて、俺は小さく頭《かぶり》を振《ふ》る。

「いえ、会ったときは教員だなんて知らなかったし、再会してからも友達としての付き合いしかしてないんで、教師としてどういう人なのかなって」

「ああ……そういうこと」

戸浦先生が納得《なっとく》したように頷く。

「本人には言わないで欲しいんだけど」

「もちろんです」

俺はこくりと頷いた。

そんな風に釘《くぎ》を刺《さ》されたから、何を言われるのかと思っていたんだけど……。

「まず、数学教師としてっていう意味じゃ、すごく評判がいいのよね」

出てきた話はおおむね高評価ばかりだった。

本当にお世辞でなく授業が上手《うま》くて、生徒からも人気があるってこと。

藤白高校は、三年になると授業がほとんど選択《せんたく》になって、教員もある程度選べるようになるし、教員同士で授業の見学をすることも奨励《しょうれい》されているから、客観的な評価だと思っていいだろう。

それから、さっきもチラッと聞いた誰にでも分け隔《へだ》てなくやさしいが、誰とでも一定の距離《きょり》を保っているってこと。

今まで唯一《ゆいいつ》親しかったのは隆一先生で、他《ほか》の夏目先生達とは、やっぱり一線を引いた関係らしい。

そして――多分これが問題点なんだろう。総一郎さんが教員になって以来、評判のよくなかった教員が何人か辞めさせられたことがあるということ。

「はっきりと総一郎先生の判断で辞《や》めさせられた、ってわかってるわけじゃないんだけどね」

「でも、辞めさせられる先生が多くなったのって、ここ三年くらいのことだし、ちょうど総一郎先生の着任時期と被《かぶ》ってるんです」

確かに、それで次期理事長なんだから、そう思われてもしょうがないのかもしれない。

――あれ？　でも……。

ここ三年って……総一郎さんが藤白高校に来てからまだそれしか経《た》ってないなんて、すごい意外だ。

俺の三個上……にはどう考えても見えないような気がするんだけど。

ひょっとして、藤白の前は違《ちが》う学校にいたのかな？

一瞬《いっしゅん》、そのことについても訊《き》いてみようかと思ったんだけど、二人の話に口を挟《はさ》むことができず、結局聞き役に徹《てっ》することにした。

「それもあって、今年は新任を多く採ったの」

「もちろん、実際に解雇《かいこ》してるのは今の理事長ですけど、理事長はあまり学校に顔を出さないから内情には詳しくないですし」

「うん、辞めさせられたのは本当に評判の悪い先生だけだったから……そういうのって案外、外からじゃわからないことなのよね」

「そうなんですよね」

その代わりに新しく若い先生や、評判の高い塾講師《じゅくこうし》などが引き抜《ぬ》かれてきたりして、有名大学の進学率も徐々《じょじょ》に上がってきているのだという。

このまま行くと、学校の偏差値《へんさち》や受験倍率にも、今後変化があるんじゃないかとか……。

どうやら、次期理事長としても、かなり期待されているらしい。

「だから、他の先生たちは大抵《たいてい》、仲良くしたくても総一郎先生のほうに隙《すき》がなくてできない、っていう感じだったのよ」

「そこに唯坂先生が来て、随分《ずいぶん》仲がいいから、親戚とか幼馴染《おさななじ》みとか……後輩とか？　まぁ、いろいろうわさが出て」

「その辺がはっきりしないから、どう付き合ったらいいのか迷うところがあるって言うか、ね

「え？」

「うん。お昼はずっと総一郎先生と一緒だし、まだ休み時間にのんびり話ができる余裕《よゆう》もなさそうだし、ちょっと絡《から》みづらかったんですよね」

……なるほど。

そう説明されると納得だった。

ついでに、俺が遠巻きにされてた理由も、わかったし。

「事情を知ってそうな隆一先生は、だんまりだしなぁ」

そう言ったのは、五十絡《がら》みの男性教員である、松山《まつやま》先生だった。

「ええ？　俺は、本人から聞いたほうがいいんじゃないかと、思ってただけですよ」

そうだそうだと周りに責められて、隆一先生は悪びれないでそう言う。

そのときになって、いつの間にか他の先生もみんな、こっちの話題に注目していたことに気づいて、びっくりした。

「僕は親戚《しんせき》ではないとは思っていたよ。もともとの友人なのかなとは思っていたけど。ほら、国語科の登紀子《ときこ》先生。彼女が親戚にはいなかったはずだって言っていたから……」

「もう、そんな情報持ってたなら、なんで教えてくれなかったんですか？」

松山先生の言葉に、大川先生が不満の声を上げる。

登紀子先生というのは、夏目一族である、夏目登紀子先生のことだろう。俺自身は科も違うし、挨拶《あいさつ》くらいしかしたことないけど、松山先生とは同年代くらいに見えるから、仲がいいのかもしれない。

「悪い悪い、親戚にはいなかったと思うっていうだけで、だったらなんだっていう話もなかったしね」

なんて、軽く揉《も》めてる大川先生と松山先生を尻目《しりめ》に、他の先生たちは拍子抜《ひょうしぬ》けしたように「旅行先でかぁ」とか「よっぽど意気投合したんですねぇ」とか、曖昧《あいまい》に頷《うなず》いていた。

意外だという様子ではあったけど、俺の話を疑っているような雰囲気《ふんいき》ではない。

旅行先で出会っただけで？　っていう方向の疑問はあったみたいだけど、おかしいとまでは思われなかったようだ。

「旅行ってどこに行ったんです？」

「あ、えと、いろいろ回ってたんですけど、総一郎先生に出会ったのは軽井沢のほうで」

「へー、軽井沢か」

「あれ？　別荘《べっそう》って葉山とか言ってなかった？」

「オーストラリアじゃないの？」

どれだけあるんだ別荘……。

いや、総一郎さんも一つ買ったって話だし、複数あるんだろうなとは思ってたけど。

「私はギリシャって聞いたけど」

「一つじゃないだろ、夏目の別荘なんだぞ。どうなんですか？　隆一先生」

ともあれ、別荘談義になってしまっている先生たちを見つつ、俺は話が逸《そ》れたことにほっと胸を撫《な》で下ろしたのだった。


――やっぱり俺が考えすぎてるってことなのかな？

だって、誰《だれ》も怪《あや》しんでないもんな……。

男同士なんだから、やっぱり、ただ仲がいいというだけで付き合ってるのかもなんて勘《かん》ぐるほうがおかしいのかも知れない。

「取《と》り越し苦労ってやつなのか……？」

もう十一時近いというのに、どことなく薄明《うすあか》るい空の下を歩きつつ、俺はポツリと呟《つぶや》く。

……いや、だからって、このままずるずる関係を続けてもいいってことではないよな。

怪しまれてないのはいいことだけど、それがいつまでも続くとは限らない。むしろ、怪しまれないうちに、さっさと関係を清算するべきだろう。

俺は、大きなため息をついた。

「う……酒臭《さけくさ》…」

俺が総一郎さんとの関係を詳《つまび》らかにしたことで、科の先生たちとの距離が縮まったのはよかったけど、この前の比でなく飲まされて、足元が微妙《びみょう》におぼつかない。けれど、家までは歩いて十分程度だし、タクシーを使うには近い気がして、結局歩いて帰宅してしまった。

ふらふらのせいか、十分どころでなく時間がかかってしまったけれど……。

「まぁ、ひとまずは安心かなー」

呟きつつ、エレベータで部屋のある階まで上がると、部屋の前に人影《ひとかげ》があった。

いや、人影って言うか。

「総一郎さん!?」

「おかえりなさい」

驚《おどろ》く俺に、総一郎さんはなんでもないように、にっこりと微笑《ほほえ》んだ。

「いや、おかえりじゃなくて、あの、俺、今日飲み会だって知ってましたよね？」

「はい」

あっさり頷かれて、ここに総一郎さんがいるのがおかしいと思う俺がおかしいのかとか、混乱しそうになる。

「だったらなんで……」

「夜になったら、やっぱり顔が見たくなって」

「っ……」

恥《は》ずかしい台詞《せりふ》に、アルコールで火照《ほて》っていた顔がますます熱くなる。

なんでそういう言葉をさらっと言えるんだろう？

言い返す言葉も見つからず、俯《うつむ》いてから、自分が部屋の鍵《かぎ》を握《にぎ》ったままだったことに気づいた。このまま夜中に廊下《ろうか》で話をするのは、状況《じょうきょう》的にも騒音《そうおん》的にもよくないだろう。

「――と、とりあえず入ってください」

俺はそう言って総一郎さんを室内へ招き入れた。

混乱しつつも、手土産《てみやげ》だというビールを冷蔵庫にしまう。いつもだったらそのままお茶を淹れるんだけど、さすがに今日は酔《よ》いが回っていて億劫《おっくう》だ。

「今日は随分飲んだみたいですね。ふらついてますよ？　あ、お茶はいいです、すぐに帰りますから」

「あ、すみません」

心が読まれたような気がして、なんとなく気まずい思いでそう謝りつつ、俺はカーペットに座り込む。総一郎さんも同じように座った。

こんな時間に来て、すぐに帰るって……本当に顔見に来ただけってことかな。

「いつからいたんですか？　ていうか、オートロックは……」

「それほど前ではないですよ。オートロックは、たまたま出てきた人がいたので、悪いかなとは思ったんですが」

「そ、そうですか……」

その言葉を疑いつつも、はっきりさせるのもなんとなく怖《こわ》くて、結局つっこんで聞く気にはなれなかった。

けれどなんというか、一番怖いのはこの状況に慣れつつある自分かもしれない。

慣れるって言うか、流されてる？

これが全然まったく好みでもなんでもないタイプで、かつ仕事上の関係もなく、自分に負い目もなかったらあっさり追い出せると思うんだけど……。

しかも、なんだか今日の飲み会で、こうして会っていることにそれほど危機感を覚える必要もないみたいだとわかってしまったし。

――いや、だめだ。

さっきばれる前に清算するべきだと思ったばかりじゃないか。ちゃんと現状を打破する方法を考えないと……。

なんて一人でぐるぐる考えていたら。

「そうだ、明日から土日で休みですし、どこか行きませんか？」

「は？」

突然《とつぜん》思いがけない能天気な提案をされて、思考が停止した。

休みですしって……。

「いや、あの」

「だめですか？　何か用事でも？」

「用事って言うか……」

平日だけでなく、土日まで？　というのが正直な気持ちだった。学校だけでなく、帰宅後も、そして休日までなんて……。

「どうして……総一郎さんは毎日うちに来るんですか？」

気づいたときにはそう口にしていた。

相手も驚いたみたいだったけど、正直俺のほうがもっと驚いていたと思う。

「迷惑《めいわく》ですか？」

聞き返されて、何も答えられないくらいに。

だって、そんなこと訊《き》く気は本当になかったから。

もちろん、そう思っていなかったわけじゃないけど、それでもこんなことずばっと訊けるタイプではない。

おそらくアルコールとか、タイミングとか、ストレスとか、いろいろな原因が重なった結果だろう。もちろん、一番大きいのはアルコールだ。

「あ、えと……」

「正直に言ってください」

　そう言われても……。

　ぐるぐると混乱したままの頭で、必死に言い訳を考える。

「お、俺も社会人になったばかりで疲《つか》れてるし、毎日来客があるのは落ち着かないっていうか、一人の時間もないと、気持ち的に休まらないっていうか……」

　迷惑じゃないとは言い切れず、俺はそうもごもごと口にした。

　全部嘘《うそ》ではない。けれど……。

「そうだったんですか……すみません、気がつかなくて」

　そう謝罪されて、胸がぎゅっと痛んだ。

　――そうだ、違《ちが》う。

　口にしたことは確かに嘘ではないけど、もしも、総一郎さんが本当に恋人《こいびと》だったら、俺はこんな風に思わなかったはずだ。

　総一郎さんだって、俺のことを恋人だと思ってるから、今日だって顔が見たいなんて理由でわざわざ来てくれたんだと思う。

　結局、悪いのは総一郎さんじゃなくて、俺なのだ。

　俺が、総一郎さんに誤解されるような態度を取っていることこそが問題で、総一郎さんはそんな俺を信じて、それで恋人のように大事にしてくれているだけなのに……。

迷惑だと思うなら、自分の行動をこそ正さなきゃいけない。なのに、まるで総一郎さんが悪いみたいに言ってしまった。

「どうして毎日来るのか、と訊きましたよね？」

「あ……そ、それは」

ゆるゆると頭《かぶり》を振《ふ》った俺に、総一郎さんが苦笑《くしょう》する。

「自分でも情けないと思うんですが、軽井沢で彼方と突然会えなくなったのがショックで、また君がどこかに行ってしまうのではないかと心配なんです」

「っ……」

……ほら、これも。

やっぱり、全部、自分のやったことが原因なんじゃないか、と思う。

それと同時に、なんでもないような顔で再会を喜んでいるだけに見えたから気づかなかったけれど、やっぱり自分のしたことは総一郎さんを傷つけていたんだと再確認《さいかくにん》した。

そして、さらに俺はそんな相手に嘘までついていて……。

「総一郎さん……っ」

「すみません、そんな泣きそうな顔をさせるつもりじゃ——」

「ごめんなさい！」

焦《あせ》ったように慰《なぐさ》めを口にしようとしてくれた総一郎さんの言葉を、俺は敢《あ》えて遮《さえぎ》った。遮って、がばりと頭を下げる。

そして、そのままの勢いで、すべてを話すことにした。

一度でも止まったら、また躊躇《ちゅうちょ》してしまいそうだったから。

「俺、本当は逃《に》げたんです」

「何を……」

戸惑《とまど》ったような総一郎さんの言葉を無視してそう言うと、俺はぐっと唇《くちびる》を噛《か》み、顔を上げて
「軽井沢で、総一郎さんとは一晩だけのつもりで……」

総一郎さんを見る。

総一郎さんは不思議そうな顔をしていた。まだ、俺の言っていることがわからないというような、そんな表情を。

「すみません……俺、あれを最後に男とは関係を持たないって、心に決めてたんです。総一郎さんが俺のこと……その、なんていうか、真剣《しんけん》に考えてくれてると思わなくて、一晩だけの関係で終わらせようって思ってた。最初から、そのつもりだったんです」

「――どうしてですか？」

きっと総一郎さんは怒《おこ》るだろうと思ったのに、そう訊いた声は怒気《どき》を含《ふく》むこともなく、ただ冷静だった。

「どうして、最後にしようなんて思っていたんです？」

「……世間体《せけんてい》とか…。教員になったら、ゲイだなんて絶対に知られるわけにはいかないと思って、就職後はゲイだった自分は捨てて生きていくつもりだったんです」

「自分を偽《いつわ》って生きていくつもりだったんですか？」

「だって、教員になるのは夢だったんです。俺はずっと恋愛《れんあい》してないとだめっていうタイプじゃないし、仕事一筋でも平気だって……」

そう、思っていたのに。

「――巻き込んじゃってすみません」

最後に一度だけ、なんて思ったのがよくなかったんだよな。

いくら総一郎さんが好みのタイプだったからって、巻き込んで傷つけてそれでまた、こうやって振り回してる。

そう思ったんだけど……。

「そんな風に自分を偽って生きていたら、きっといつか淋《さび》しくなるんじゃないですか？」

返されたのは、思いもよらないやさしい声だった。

いつか淋しくなる？

思わず俺は何も言えず、口ごもる。

恋《こい》をしなかったら淋しくなる、ではなくて、自分を偽って生きていたら淋しくなる、と言われたのが胸に刺《さ》さった。

俺だって、本当はそんな生き方、どこか淋しいってわかってたから……。

「私は君に、そんな淋しい思いをさせたくないし、君を幸せにしたいと思っているんです」

やさしい言葉に、心の奥がぎゅっとなる。

俺は、こんなやさしい人に嘘をついて、その上勝手に迷惑に思っていたのかと思うと、つらくて……。

「すみません……」

「いいんですよ、謝らないでください。私が一人で勘違《かんちが》いしていただけですから」

酔《よ》っているせいもあるだろう。そんな風に言われて、アルコールで弱くなった涙腺《るいせん》から涙《なみだ》がこぼれそうになる。

「むしろ、彼方には悪いことをしてしまいましたね」

だから、総一郎さんにそう言われて俺は即座《そくざ》に頭を振った。

「そんなことないです！　悪いのは全部俺で……」

「……そうですか？」

「はい！」

本当に申し訳ないことをしてしまったと反省しつつ、俺は総一郎さんの言葉に、こっくりと頷《うなず》いた――――んだけど。

「では、お詫《わ》びに明日はデートに付き合ってください」

続けられた言葉が思いがけないなんていうレベルじゃないくらい、想定外のものだったので、思わず頭の中が真っ白になってしまった。

「は？」

今……なんて……？

デート？

お詫びにデートしろ、って言った？

「それでなかったことにします」

「……デートで？」

「はい」

「…………………」

――何でそうなるんだ⁉

わからない。

総一郎さんという人が本当にわからない。

今のってそういう流れだったか？　ちがうよな？

「彼方がどういうつもりでも、結果的にこうして再会できたのだから、出会いのことは気にしません。今ここに君がいるのに、そんなことでもめるのは、ばからしいと思いませんか？」

「え、いや、だから……」

だからそういうことじゃなくって！

「お、俺もう、男同士でっていうのはやめるって言いましたよね？」

「私はそんな自分を偽った淋しい生き方は、させたくないと言いました」

「え、と……？」

つまり何？　どういうことだ？

俺と総一郎さんの主張がぶつかってるってこと？

そして、傷つけた賠償《ばいしょう》として明日のデートを要求されているっていう……？

なんかおかしい気がするのは、俺が酔っ払《ぱら》ってるせいなんだろうか？

「もし、彼方が私に少しでも悪いことをしたと思っているなら」

「…………思ってます、けど」

俺は小さく頷く。

それは間違《まちが》いない。ここまでは理解できる。

「なら、私にチャンスをくれませんか？　君に、恋をさせるチャンスを」

でもここがわからない……!!

その上なんか、ちょっと恥《は》ずかしい。

だけど。

「恋とか、本当にもう、しないと思いますけど」

口ごもり、ちらりと総一郎さんを見る。

「今は、そう思っていてもかまいません」

どこか悲しいような笑顔《えがお》で、総一郎さんはそう言った。

その顔を見たら、自分にこれを断る権利なんてないような気がして……。

「……総一郎さんが、それでもいいなら」

結局そう、頷いてしまったのだった。


「本当によかったんですか？」

休日のせいだろう。

ほどほどに込み合った博物館内を、順路に従って歩きつつ俺は総一郎さんを見上げた。

「はい。私も気になっていた展示なので……」

デートでどこか行きたい場所があるかと訊《き》かれて、つい博物館なんていう色気のない場所を選んでしまったのには理由がある。

一つはもともと見たい展示があったこと、そして、博物館ならば社会科の教師である俺が、同僚《どうりょう》である総一郎さんと一緒《いっしょ》にいるところを人に見られても、大丈夫《だいじょうぶ》のはずだと思ったからだ。

「桜が少し散ってしまったのは残念ですが」

「桜？」

「春と秋は庭園が開放されているんですが、春は桜がきれいなんですよ」

そうなんですか、と頷きつつ、博物館に興味があるといってくれたのが、リップサービスというわけではなかったんだなとほっとする。

この様子だと何度か足を運んでいるんだろうし……。

俺も、この博物館に来るのは二度目だったけれど、前に来たときが夏だったせいもあって、庭園が開放されることは知らなかった。

今回は、期間展示が見たくて来たんだけど……。

誕生釈迦《しゃか》仏立像や、伎楽《ぎがく》面、八角燈籠《とうろう》。

できれば見てみたいと思っていたはずの展示なのに、ほとんど頭に入ってこなかった。

隣《となり》に立つ、総一郎さんの存在が気になって……。

俺はちらりと総一郎さんを見た。

途端《とたん》、目が合ってしまって慌《あわ》てて逸《そ》らす。

「どうしました？」

「な、なんでも……ないです」

——昨夜のこと、総一郎さんはどう思ってるんだろう？

酔ってたからちょっと記憶《きおく》が曖昧《あいまい》なとこも実はあるんだけど、俺としては本当のことを包み隠《かく》さず話して、今の関係を解消しようといったつもりだった。

怒《おこ》られても詰《なじ》られても、しょうがないと思っていた。

けど、なんか……総一郎さんの態度、全然いつもと変わらないし。

まるで昨日のことが、俺が酔った挙げ句に見た夢だったんじゃないかという気がしてくるほどだ。

まぁ、こうして一緒に出かけている時点で、現実なのは間違いないけど。

でも本当に、出会いのことは気にしてないんだろうか？

再会できたんだからそんなことでもめるのは、ばからしいとか言ってた気がする。もしも、自分が総一郎さんの立場だったら、そんな風には簡単に切り替《か》えられないだろう。

それにあの……素面《しらふ》の今思い出すと、恥ずかしくなるような台詞《せりふ》は、本気なんだろうか？

——君に、恋《こい》をさせるチャンスを。

とか、なんとか……。

「常設展示のほうはどうします？」

「えっ!?」

すっかり思考のループに入り込んでいた俺は、総一郎さんに声をかけられてびくりと肩《かた》を揺《ゆ》

らした。

「どうしました？」

「え、あっ、えーと」

驚《おどろ》いたようにぱちりと瞬《しばたた》かれて、頬《ほお》が熱くなる。

「じょ、常設は、いいです。前に来たことあるので……総一郎さんが見たいならもちろん、付き合いますけど」

「そうですか。私も前に見ているので……じゃあ、庭園に出てみましょうか？」

こくりと頷《うなず》いて、俺は総一郎さんと一緒に庭園へ続く出口へと足を向けた。

「ああ、思ったより花が残ってますね」

「ほんとだ……」

庭園は、池を囲むようにぐるりと木が植えられていて、その中に大きな桜の木が何本かあった。

桜の種類がいろいろあるのだろう。詳《くわ》しくないからよくわからないけれど、もうすっかり葉桜になってしまっているのもあれば、まだ満開を過ぎたばかりといった木もあった。

「むこうの奥に、庭園側からも入れるカフェがありますから、そこで一休みしましょう」

「はい」

その言葉で、前回来たときはそのカフェから、この庭園を眺《なが》めたのだと思い出す。

あのときは夏だったから、庭園は立ち入りが禁止されていたし、木がもっと青々としていて、全然違《ちが》う庭のように見えた。

「学校はもう、慣れました？」

「あ、はい。まだまだわからないことも多いですけど、なんとか……。でも、授業はまだ緊《きん》張《ちょう》するし、なかなか上手《うま》くいかなくて」

黒板の字が変に右下がりになってしまったり、机間巡視《じゅんし》のときに教科書に気を取られて、生徒の机にぶつかってしまったりと、細かいミスもある。

「あと……情けない話なんですけど、居眠《いねむ》りしてしまう生徒がいて。多分、俺の授業がつまらないからだと思うんですけど」

おとなしい生徒が多いから、授業中に騒《さわ》がれることはないけれど、まだ二回目の授業とかなのに眠られてしまって、さすがにちょっとショックだった。

「居眠りですか……。今度、隆一の授業を見学に行ってみてはどうです？」

「え？」

見学？

「うちでは、他《ほか》の教師の授業を見学するのが奨励《しょうれい》されていることは知っていますか？」

「は、はい。もちろんです」

とはいえ、自分の授業のことで手一杯《ていっぱい》だったから、実際に見学したことはない。

「実は私も最初の頃《ころ》は、よく生徒に居眠りをされてしまったので、何かヒントがあるかと思って、隆一の授業を見学に行ったことがあるんですよ」

「え、総一郎さんが？　あ、でも……教科が……」

総一郎さんは数学、隆一先生は社会科なのに？

「ええまぁ、教科は違うんですが、隆一の授業は生徒に人気がありますし……。他の先生は私が見学に行くと緊張してしまうようなので」

そう言って苦笑《くしょう》した総一郎さんに、それもそうか、と思う。

「見学に行けばわかると思いますが、隆一は話の緩急《かんきゅう》の付け方が上手いんですよ。だから、眠くなりそうなポイントの手前や直後で、ちゃんと生徒の意識を引き戻《もど》せる」

「緩急……ですか」

「寝不足《ねぶそく》などの場合を除けばですが、難しい話というのは、どうしても眠気《ねむけ》を誘《さそ》うみたいです。理解できないと考えること自体を放棄《ほうき》してしまうからでしょうね。同じように授業を進めていても、その教科を好きな生徒は、ちゃんと起きていることが多いですし……」

「あ、それは確かに、そうかもしれないです」

日本史の場合、数学と違って問題が難しいとかはないけど、生徒たちが興味を持ちやすい時代とそうでない時代が結構あったりするし……。

「その辺で、生徒の興味を引く話を入れたり、わかりやすい問題を出してみたり、そういうのが上手いんです」

なるほど……。緩急がついてるって、そういう意味か。

「私は学科が違うのでわかったのはそれくらいですが、彼方は同じ学科ですから、もっとたくさんのことが学べるんじゃないかと思いますよ」

「そうですよね。ありがとうございます！」

俺は一年の担当、隆一先生は三年の担当だから、教えている内容は違うけど、数学科の総一郎さんが学ぶところがあったというのだから、同じ科の俺だって何かしらのヒントは得られるんじゃないだろうか？

なんか、自分の授業で手一杯とか言ってないで、早めに時間を空けて見に行ったほうがいいような気がしてきた。

「――――でも、意外です」

「何がですか？」

俺の言葉に、総一郎さんが首を傾《かし》げる。

「総一郎さんも、最初の頃は生徒に居眠りされてたって言うのが」

「そうですか？」

って、別に授業を見たことがあるわけじゃないんだけど。

「『総一郎先生の授業はわかりやすくて、人気がある』って、他の先生に聞いてたので……」

「そんなことを？――そう思われているのはうれしいです」

そう言うと総一郎さんは苦笑した。

お世辞だと思ってるのかな？　と思ったけれど、さすがに確認《かくにん》することはできない。

「だったら私の授業を見学に、と本当は言いたいところですが、やっぱり同じ教科のほうがいいでしょうし……隆一は私にとっても先輩《せんぱい》ですからね」

そう言った総一郎さんに反射的に頷いてから、そう言えばどうして隆一先生が先輩なんだろう？　と思う。

入学式のときだったかな？　隆一先生も自分は先輩だと言っていた気がする。けど、確かそのとき、同じ年だとも言っていたんだよな。

あのときは仕事初日な上に、総一郎さんと再会したことでいっぱいいっぱいになってて、聞き流してしまったけど……。

総一郎さんが院に行っていたとかで、遅《おく》れているってことだろうか？

そう言えば昨日の飲み会で、教師が辞《や》めさせられるようになったのがここ三年くらいで、総一郎さんの着任時期とかぶってる、みたいな話をしてて、気になったんだよな。

総一郎さんて見た感じだと多分、二十七か八くらいだと思うんだけど、もしそれが合っているなら、二十四、五くらいで藤白高校に来たってことになるわけで……。

「あ、あの、総一郎さん」

「はい」

「変なこと訊《き》きますけど、総一郎さんておいくつなんですか？」

俺の質問に、総一郎さんは急に立ち止まった。どうしたんだろうと振《ふ》り返ると、少し驚いたように目を瞠《みは》っている。

「総一郎さん？」

「あ、はい」

そんなに驚《おどろ》くような質問だっただろうか？

ひょっとして、年齢《ねんれい》訊くなんて失礼だったかなと思ったけれど、不快なことを訊かれたという表情ではない。

ただ、純粋《じゅんすい》に驚いたというような……けれど。

「そう言えば言ったことなかったですね。ええと……二十七です」

答えたときには、なぜか笑顔《えがお》になっていた。

再度歩き出した総一郎さんに並びつつ、なんでだろうと思う。不快に思われなかったのはよかったけど、喜ばれるような質問でもないと思うんだけどな……。

まぁ、とりあえず二十七という答えは予想通りで納得《なっとく》がいった。

けれど、だとすると、やっぱり二年ずれてるのか。院に行ってたって考えるのが妥当《だとう》かな？

――――いや。

「ひょっとして、総一郎さんは藤白に来る前って、別のお仕事してたんですか？」

なんとなくそのほうが、しっくりくる気がした。

別の学校にいたっていう可能性もちょっと考えたけど、だったら『教師として隆一が先輩』っていうのはおかしいし。

「はい」

俺の疑問に総一郎さんは、あっさり頷《うなず》いた。

「藤白に来る前は、家庭教師の派遣《はけん》業をしていたんです」

「え？　家庭教師をしていたんですか？」

なんだかすごく意外だ、と思ったんだけど……。

「いえ、経営のほうです」

と言われて納得した。

家庭教師が似合わないっていうわけじゃないんだけど、それだったら最初から藤白で働いてもいいんじゃないかっていう気がしたから。

経営のほうだったら、今後学校経営をするに当たっても関係あるかなって思うし……。

「でも、どうして教師になったんですか？　経営と教師って全然畑が違《ちが》うような気がするんですけど……」

「確かにそうなんですが——私が藤白を継《つ》ぐというのは、もう知ってるんですよね？」

「あ、はい。すみません……」

思わず謝罪してしまったのは、総一郎さんが苦笑したからだ。あまり知られたいことじゃないのかなって、気がしたから。

「謝らないでください。どうせ隆一あたりが言ったんでしょうし」

「…………」

それはそのとおりだったので、否定できない。

「私が藤白を継ぐと決まったのは、四年前でした。そのときに、いずれ継ぐのなら、教師として藤白で働いてみたいと思ったんですよ」

「……どうしてかって、訊いても大丈夫《だいじょうぶ》ですか？」

俺がそう訊くと、総一郎さんはなぜかすごく嬉《うれ》しそうな顔で頷いた。

「正直、私立校は厳しい時代ですからね。藤白は設備的には充実《じゅうじつ》しているほうですし、ハードウェアとしては問題がない。そうなると改革できるのは、人材ということになります」

確かに、少子化とかの問題もあるし、公立が力をつけてきたりもしていて、学費の高い私立は、経営が厳しくなっているとは聞いたことがある。

藤白高校の設備が整っているのは、俺にもよくわかるけど、それだけじゃだめっていうのもその通りなんだろう。

「教師として生徒側に求められるもの、そして、教師が学校に求めるものを知るために、自分が教員になってみるというのも、いいんじゃないかと思ったんです」

「……俺は経営とかよくわかんないですけど、すごくいい判断だったんじゃないかなって思います」

現場を知りたいという姿勢は、なんかいいなって思う。

実際、他《ほか》の先生たちも、総一郎さんがきてから学校の評判がよくなったと言っていたし……。

「ありがとうございます」

総一郎さんはうれしそうに、にっこり微笑《ほほえ》んだ。

「あぁ、ここ、段差があるので気をつけてくださいね」

「は、はい」

その笑顔に少しだけどきどきしていたせいかもしれない。俺は、カフェの入り口に続く階段で極自《ごく》然に手を差し出されて、反射的に摑《つか》んでしまった。すぐに気づいて、ぱっと頰《ほお》が熱くなる。

あわてて手を離《はな》してから総一郎さんを見上げると、すごくうれしそうな顔をしていてますます恥《は》ずかしくなった。

そのままカフェに入り、テーブルについても総一郎さんの上機嫌《じょうきげん》に変わりはない。

うっかり手を摑んでしまったくらいで、こんな顔されても困るんだけど……。

それとも違う理由があるんだろうか？

ここまで上機嫌になられると、ちょっと気になる。

「……さっきから、何がそんなに楽しいんです？」

注文を終え、ウェイトレスが席を離れてから俺はそう訊いてみた。

「ひょっとして、にやけてました？」

「にやけてるって言うか……」

その表現は総一郎さんには似合わないけれど、言われてみれば確かにそうなのかも。

「すみません。――うれしくて」

さらに眩《まぶ》しいような、きらきらした笑顔を浮《う》かべられて、俺は自分の頬が、さっき手をとられたときよりももっと熱くなっていくのを感じた。

……やっぱり、この人の顔、めちゃめちゃ好みなんだよな。

けど、うれしかったってどういうことだろ？

そんな疑問が顔に出ていたのか、総一郎さんはにこにこと微笑んだまま言った。

「彼方が私について質問してくれるのは、初めてだったので」

「は……？」

俺が……質問したこと？

そう言われてみれば、総一郎さん自身に総一郎さんのことを尋《たず》ねたのは、初めてだったかもしれない。

だけど、それくらいで？

手を掴んでしまったことよりも、もっと些細《ささい》な理由だと思う。

「訊《き》いてくれるのは、少しでも私に興味があるっていうことでしょう？」

「べっ……別に、そういうわけじゃ……」

ない、とは言い切れないけど。確かに気になったから聞いたんだし。

とはいっても、そんなこと、まったく意識してなかった。

軽井沢では、自分のことを話す気がなかったから訊かなかっただけだし、再会以降はそれどところじゃなかっただけだ。

なのに……。

こんなことで喜ばれると、ただひたすら、男同士、仕事の同僚《どうりょう》と来ていてもおかしくない場所で、自分の行きたい場所って思って、今日の行き先をチョイスしちゃったこととかまで、申し訳ないような気がしてくる。

総一郎さんは楽しそうにしてるけど、なんかちょっと罪悪感が……。

なんかよくわかんないけど、お詫《わ》びとしてデートするって話だったのに……本当にこんなんでいいんだろうか？

「あの、このあとのことなんですけど」

頼《たの》んでいた飲み物が届いたのを潮に、思い切って訊いてみることにする。なんか、もやもやしたままなのもいやだし。

「はい？」

「総一郎さんが行きたいところって、ないんですか？」

「私は彼方と一緒《いっしょ》にいられるならどこでも」

一瞬《いっしゅん》のためらいもなくそう言われて、うっ、と言葉に詰《つ》まる。

「けど、その、お詫びなんだし、少しは総一郎さんのしたいこととか……」

「なら、映画はどうですか？」

そう言って、総一郎さんが挙げたタイトルは、俺も前から気になっていたアクション映画だった。一瞬、それならいいかなと思ってから、はっとする。

「それ、この前の昼休みに俺が見に行く予定だって言ったから、言ってるだけでしょう？」

「……バレました？」

軽く睨《にら》むと、そう言って少し困ったように笑う。

「バレバレです」

そう返しながら、俺も少し困ってしまう。

――こういうの、きっと恋人《こいびと》だったらすごく嬉しいと思う。

自分のことを優先してくれて、ちょっとした発言も全部覚えていてくれて……。

けれど、俺にそれを喜ぶ資格はない。だって、恋人じゃないのだから。

本当に、どうしてこんなタイミングで出会ってしまったんだろうと思う。もしも、総一郎さんに会ったのがもっと前だったら、きっと恋をするのは簡単だっただろう。

って、こんなの考えるだけ無駄《むだ》だよな……。

とりあえず、今は総一郎さんのしたいことを優先しよう。

「総一郎さんの、したいこととか、行きたいところとか言ってください」

きっぱり言うと、俺の本気が伝わったのか、総一郎さんは小さくため息をついて、それなら と口を開いた。

「ベッド？」

「はい」

「買い換《か》えるんですか？」

現在部屋にベッドがない、ということはないだろうと思って訊く。

「ええ。少し大きなものにしようと思いまして。あとはカーテンも」

部屋に置く、ベッドなどの家具を一緒に見立てて欲しい。

それが総一郎さんの要望だった。

まさかそんなこと言われると思ってなかったし、俺なんかのセンスでいいのかなと思う。それに、なにより『ベッド』を選ぶっていうところが、なんか生々しい気がして微妙な気分だった。

……考えすぎだと思いたいけど。

でも、なんにせよあれだけ『総一郎さんの行きたいところ』と主張した手前、異を唱えることはできなかった。

連れて行かれたのはビルの二階にあるショールーム。けど、一歩足を踏《ふ》み入れて、少しだけ後悔《こうかい》した。

中にいたのはほとんどがカップルか、夫婦《ふうふ》に見える男女の二人連れだったから。

けれど、総一郎さんは何も気にしていないらしく、極自然な態度で入り口にいた店員に声をかけた。

「先ほど連絡《れんらく》した夏目です」

「夏目様ですね。――お待ちしておりました。こちらへどうぞ」

店員は感じのいい笑《え》みを浮かべてそう言うと、店の奥へと進んでいく。

そういえば、博物館を出る前に総一郎さんが、一本電話していいですかと尋ねてきたけど……

…ここにかけてたのかな？

中にいるカップルや夫婦の視線が気になったけれど、仕方なく俺もできるだけなんでもないような顔を取り繕《つくろ》って、総一郎さんと一緒に店員についていく。

ビルのワンフロアにしては広い店内に、ベッドがずらりと並べられている。

といっても機械的に並んでいるわけじゃなくて、間接照明や観葉植物、サイドテーブルなどがさりげなく配置されていて、ベッドルームの雰囲気《ふんいき》を想像しやすいようなディスプレイになっていた。

モダンなものから、少しクラシカルなデザインのもの、シンプルからデコラティブまで。

様々なベッドの横を通り過ぎつつ、ふとプライスカードを見て、ぎょっとした。

——六十万？

一瞬ゼロの数え間違《まちが》いだろうかと思ったけど、隣《となり》は七十五万だった。こっちはゼロが四つだから、間違いない。

え、何？ ベッドってこんな軽自動車みたいな値段が普通《ふつう》なのか？

一瞬思ったけど、そんなわけがない。俺の部屋にあるベッドなんて、マットレス込みで五万程度だったはずだ。

それの軽く十倍以上だと思うと、なんかくらくらしてくる。

なんて思っていたら、店員と総一郎さんが立ち止まった。

「終わりましたらお声掛《こえが》けください」

そう言って店員が開けてくれたドアを、総一郎さんに続いて潜《くぐ》る。すると、そこには二台のベッドがどどん、と置かれていた。

後ろでドアが閉まる。

「こちらのベッドフレームにしようと思っているんですが、どう思います?」

そう言って総一郎さんが指差したのは、二つ並べて置かれたベッドのうちの、手前にあるほうである。

深い色の木製で、ヘッドボードにシンプルな彫刻《ちょうこく》が施《ほどこ》されている以外、余計な装飾《そうしょく》はない。広くて、見るからに寝心地《ねごこち》がよさそうだ。

「総一郎さんの部屋にある、ほかの家具がどんな感じか知らないので、なんとも言えないんですけど……ベッドだけ見た感じはいいと思います。なんかよく眠《ねむ》れそうだし」

俺のワンルームの部屋なんて、このベッドを置いたらいっぱいになってしまいそうだった。いや、むしろ他《ほか》の家具を捨てないと入らないかも……。

「そうですか、よかった。マットレスは、二つに絞《しぼ》ってはあるんですが……ちょっと寝《ね》てみてもらえませんか?」

「え?　二つって、この二つなんですか?」

「はい、そのために用意してもらったんです」

並んだベッドを指差すと総一郎さんは、こくりと頷《うなず》いた。

ああ、なるほど。つまりこの部屋は、予約したベッドを試《ため》すための部屋なのか。

ベッドフレームはこれに決めてあると言ったのに、もう一つ別のベッドが並べられていたのは、マットレスの寝心地を比べるためだったらしい。

「だめですか？」

「いや、だめじゃないですけど、俺が寝てもしょうがないっていうか……総一郎さんが寝てみたほうがいいんじゃないですか？」

「私はもう試したんですが、どちらも捨てがたいのでぜひ、彼方の意見が聞きたいんです」

「——まぁ、そういうことなら……」

総一郎さんの使うベッドを俺が試すとか、かなり微妙だけど、人目があるわけではないし、さっさと済ませてしまおう。

俺はしぶしぶ頷いて、先に指差されたほうのベッドに、靴《くつ》を脱《ぬ》いで寝転《ねころ》がった。

「わ……なんか、すごい」

思ったより固めだけど、肩《かた》のあたりがすごく楽な気がする。

「どうですか？」

「すごく気持ちいいです……あ、ひょっとして上と下で固さが違《ちが》うのかな？」

上はふわふわしてるんだけど、腰《こし》から下は結構しっかり支えられている感じがする。

「ああ、そうらしいです。正確には、上下が同じで、真ん中の腰の部分が少し固めになっているとか。柔《やわ》らかいと腰を痛めたりしますしね」

「なるほど……」

マットレスって、こんなに違うもんなんだなぁ……。

あんまりこだわりとかないほうだけど、正直、このマットレスはこのままずっと寝ていたいくらい気持ちいい。

「では、続けてもう一つのほうも、いいですか？」

「あ、はいっ」

思わず眠ってしまいそうなくらいぼんやりしていた俺は、その言葉にはっとわれに返った。

あわてて起き上がって、もう一つのほうにも寝転んでみる。

「あー……」

これは、総一郎さんが迷うのもわかる。

こっちはこっちですごく安定感があるというか……全体的には一つ目より少し柔らかめなのかな？　少し沈《しず》み込む感じがして気持ちいい。

「どうです？」

「うーん、難しいですね……」

けど……。

「どっちかといったら、一つ目のほう、かなぁ？」

寝転んだままそう言うと、総一郎さんはベッドに腰掛《こしか》けつつ「そうですか」とあっさり頷いた。

「じゃあ、そちらにしましょう」

「え、いいんですか？」

そんなにあっさり決定されると……いや、そのために連れて来たんだろうけど。でも多分、このベッドってめちゃめちゃ高いよな？

高級なベッド、というものの相場がいくらくらいか、まったく知らなかったけど、さっき見た値段からすると、これだってきっと似たり寄ったりの値段なんだろうし……。

「いいんです。はっきり決めてもらえてよかった」

「はぁ……」

総一郎さんがいいならいいんだけど、なんて思いつつため息をつき、起き上がろうとしたんだけど。

「彼方も使う可能性があるものですしね」

そう言って覆《おお》いかぶさってきた総一郎さんに、ちゅっとキスされた。

「な……そ、総一郎さん！　こ、こんなとこで何するんですか……！」

「すみません。彼方のうっとりした顔を見ていたら、我慢《がまん》できなくなってしまいました」

「う、うっとりって……」

確かに、ちょっとしてたかもしれないけど、そんなこと言われると自分がとんだ醜態《しゅうたい》を晒し

ていた気がして恥《は》ずかしくなる。

けれど。

「ちょ、総一郎さん……っ」

「しっ」

唇《くちびる》に指を当てるしぐさはかわいいけれど、問題はそういうことじゃない。

「ん…っ…」

もう一度、唇が重なる。そして、今度のキスは、ふれるだけではなかった。

ゆっくりと下唇を吸われて、それから舌がそっと口腔《こうこう》に入り込んでくる。

総一郎さんの胸を押し返そうと上げた手を摑まれて、ベッドに押しつけられる。押さえつけられた手が、マットレスにやわらかく沈んだ。

やさしいのにどこか強引《ごういん》で、官能が呼び起こされそうになる、そんなキスに腰の奥がジンと痺《しび》れて……。

「は……っ…」

ようやく唇が離《はな》れたときには、酸欠でくらくらしていた。

「本当に、かわいい……このままここで最後までしてしまいたいくらいです」

そのせいだろう、最初、総一郎さんが何を言っているのかわからなかった。

このまま？　最後まで？

頭の中でそう反芻《はんすう》して、ようやくハッとした。

「な、何言ってるんですかっ」

ここでって、ここ、ショールームだし!!

「予約は一時間単位なので、ゆっくりというわけにはいかないですけど……」

「だ、だダメです!! 絶対ダメですっ!!」

思わずそう言ってしまってから、はっとして口を押さえる。

コンコン、とドアがノックされた。

「夏目様?」

ドアの外からかかった声に、総一郎さんの手がようやく離れる。

「すみません、なんでもありません」

俺はその隙《すき》に、身を捩《よじ》るようにして起き上がる。

「……怒《おこ》りました?」

そのまま無言で靴に足を突《つ》っ込んでいたら、総一郎さんが心配そうな声でそう言って俺の顔を覗《のぞ》き込んできた。

その顔がなんとも言えずしょんぼりとしていて、俺はそっとため息をこぼす。

こんなかっこいい男にそんな顔されたら、怒ってるなんて誰《だれ》も言えなくなるんじゃないだろうか?

そして、それは俺も同じなわけで。

「……呆《あき》れただけです」

結局、文句も言えずにそう許してしまった。

やっぱり、この顔がいけないんだよな。顔が……。

「よかった」

「あ、でも」

俺は、ほっとしたようにそう言った総一郎さんを軽く睨《にら》む。

「キスの衝撃《しょうげき》で聞き流しそうになりましたけど、このベッドを俺が使う可能性とか、ないですから」

「そうでしょうか？」

「そうです!!」

不思議そうに首を傾《かし》げる総一郎さんに、俺はきっぱりそう言いきった。

ベッドのあとは上のフロアにあったカーテンなどのファブリックを見て回り、店を出るとそろそろ六時近い時間になっていた。

店にいた時間は一時間程度だったと思うけど、来たときはまだ明るかった空が、もうすっかり夕暮れの色に染まっている。

「夕飯は何か食べたいものありますか？」

車に乗り込んだ途端《とたん》、総一郎さんにそう訊《き》かれて、俺はうーんと、首をかしげた。

「中華《ちゅうか》とフレンチ、和食だったら？」

「……中華、かな」

シートベルトを締《し》めつつ、少し悩《なや》んでそう答える。

「わかりました」

そう総一郎さんは頷《うなず》いて、静かに車を発進した。

だから、そのまま夕飯を食べるためにレストランへと移動する――のかと思ったら。

「着きましたよ」

「って……」

下ろされたガレージを出ると、そこにあったのは一軒《いっけん》の洋館だった。

なんだか、軽井沢の別荘《べっそう》を思い出すような、ややこぢんまりとした……けれど時代を感じさせる、味のある建物である。

一瞬《いっしゅん》、いわゆる隠《かく》れ家《が》レストランとかなのかと思ったけど、表札にはばっちり『夏目』と書いてあった。

「あの？　ここって、総一郎さんの家なんじゃ……俺、やっぱり」

帰ります、とそう言い切る前に。

「はい。ぜひ、私の作った料理を食べて欲しくて」

と言われて、驚《おどろ》きのあまり言葉を失った。

「え？」

私の作った料理？　そう言ったのか？

ってことは、総一郎さんが料理するってことだろうか？　てっきり、ケータリングでも頼《たの》むのかと思ったんだけど……。

なんだか信じられないと思っているうちに、総一郎さんが玄関《げんかん》のドアを開け、俺も背中を押されるまま、するりと家に入ってしまった。

吹《ふ》き抜《ぬ》けの玄関ホールには、グリーンの天鵞絨《ビロード》張りのソファセットと、絵の飾《かざ》られた踊《おど》り場つきの階段があり、右手にドアが二つ並んでいる。

「ジャケット、預かります」

「あ、はい」

時代を感じさせるレトロな雰囲気《ふんいき》になんとなく圧倒《あっとう》されて、どこかぼんやりしていた俺は、いわれるままにジャケットを預けた。

「古い建物でびっくりしました？」

「いえ……素敵《すてき》だと思います」

それは本心だった。

確かに古い建物なんだとは思う。けど、掃除《そうじ》が行き届いているんだろう。天井《てんじょう》から吊《つ》るされたシャンデリアも、風合いのいい板張りの床《ゆか》もぴかぴかと輝《かがや》いているし、一人がけの重厚《じゅうこう》なソファが向かい合わせに置かれたソファセットは、物語の挿《さ》し絵を見ているような非現実感がある。

「ここに、一人で住んでるんですか？」

「ええ」

総一郎さんは一つ頷いて、ポールハンガーに俺のジャケットをかけると、玄関に立ち尽《つ》くしたまま動けなくなっていた俺に、スリッパを勧《すす》めてくれる。

「上には昔アトリエだった部屋があるだけで、本当に小さな家なんですよ」

『小さい』の感覚が違《ちが》うなとは思ったけれど、上がアトリエだというなら確かに部屋数は多くなさそうだ。

「どうぞ」

右手に並んだドアのうち奥のほうがリビングに続くドアだったらしい。

入ってみると、広さは玄関ホールよりも少し広いという程度だった。

といっても、十二畳《じょう》はあると思う。リフォームしたのだろう。使いやすそうなシステムキッチンがついていた。

「座って待っていてください。すぐに用意しますから」

ソファを勧められ、俺はくるりと振《ふ》り返って総一郎さんを見た。

「あの……まさかと思いますけど、本当に総一郎さんが作るんですか？」

「はい」

あっさり肯定《こうてい》されて、今度も絶句してしまう。

「意外ですか？」

その問いに思わず頷いてから、失礼だったかなと思ってはっとした。けれど、総一郎さんが機嫌《きげん》を悪くした様子はない。

むしろ少し楽しそうだ。

「よく意外だといわれるんですが、料理が趣味《しゅみ》なんです」

「趣味……」

それは本当に意外だった。

なんとなく、金持ちの家って男子厨房《ちゅうぼう》に入るべからず、っていう方針で育てられてるんじゃないかみたいなイメージがあったし、別荘では料理は寺崎さんの仕事のようだったし……。

「と言っても、たいしたものが作れるわけではないですけど」

総一郎さんはそう言うと、少し照れくさそうに微笑《ほほえ》んだ。

それがちょっといつものにこにこ笑顔《えがお》と違って、どきりとする。

って、いやいや、ドキッとしてる場合じゃないのは、十分わかってるんだけど。

「テレビとブルーレイは好きにしていてください。ディスクも何か観《み》たいものがあれば、好きにかけていて構いませんから」

言いながら総一郎さんはリモコンをテーブルに並べ、もう一度ソファに座るように促《うなが》すと、キッチンのほうへと向かった。

俺はソファに座り、失礼にならない程度に室内を見回す。

なんだか不思議だった。

総一郎さんはもっとこう、わかりやすい感じの豪邸《ごうてい》とか、高級マンションとかに住んでるのかと思っていたから。

こういうのが趣味なのかな……。

新しそうなシステムキッチンだけでなく、ここにあるものはどちらかというとレトロモダンで、ホールにあったものとは少し趣《おもむき》が違っていた。総一郎さんが住むようになって、新しく入れたものなのかもしれない。

ソファセットと、AV機器。そして、キッチンカウンターの近くにあるダイニングテーブル。あとは扉《とびら》のついた腰高《こしだか》のチェストが壁際《かべぎわ》に並んでいて、チェストだけが少し趣が違う。多分、これは昔からあるものなんだろう。

とは言っても、ちぐはぐだということではないんだけど……。

そのチェストの上に、額装された油絵が飾ってあるのを観て、ふと気になったことを思い出した。

「そういえばアトリエって、総一郎さん、絵を描《か》くんですか？」

「いいえ、私ではなくて祖父が描いていたんです。ここは祖父が絵を描くための別邸《べってい》だったんですよ」

祖父、というのはあの、隆一先生が言っていた軽井沢の別荘を気に入っていたという人のことだろうか？

もし、そうならここととあの別荘が、似た雰囲気なのも納得《なっとく》できる気がした。

「祖父は昔から美術が好きで、本当は画家になりたかったらしいです。それが叶《かな》わなかったので、藤白に美術科を作ったんですよ」

「そうなんですか？」

美術科ができたのは、創立よりもあとの話だと資料で読んだことがあったけど、そういう背景があったのか。

「ええ。職員玄関前のアトリウムも、祖父がどうしてもと言って作らせたものですし」

「へぇ……そういうの、なんだかかわいいですね」

自分ができないことだから、できる人を応援《おうえん》しようっていう姿勢は、やさしくて幸せになれそうな考え方だという気がした。

そんなことを考えていたら、総一郎さんがクスリと笑い声をこぼした。

「あ、な、なんか変なこと言ってすみません」

人のお祖父《じい》さん捕《つか》まえて、かわいいとかないよな。

「いえ、私も祖父のそういうところが好きなので、嬉《うれ》しいと思っただけです」

言いながら、総一郎さんはロゼワインと、チーズの乗った皿を持って近づいてきた。

「どうぞ」

これを食べて待っていろということなんだろう。

礼を言って俺はチーズを摘《つま》んだ。そして、黙《だま》っているのも気まずいしと、適当にテレビをつける。

料理が出来上がったのは、それから三十分ほどしてからだ。

エビチリに麻婆豆腐《まーぼーどうふ》、イカの塩炒《しおいた》め、そして水餃子《すいぎょうざ》の入ったスープにチャーハン。

「すごい……これ、全部今作ったんですか？」

ダイニングテーブルに並んだそれらを見て、俺は感嘆《かんたん》のため息をこぼした。

「いえ、餃子は冷凍《れいとう》しておいたのがあったので」

それを抜いたとしても、三十分でこれはすごい。

たいした物は作れない、なんて謙遜《けんそん》もいいところだと思う。

俺も、一人暮らし長いから少しは料理するけど、この中で唯一《ゆいいつ》作れそうなのってチャーハンくらい？

ってていってもこんなパラパラしないけど。もうちょっと残念な感じになる。

「紹興酒《しょうこうしゅ》とサンザシ酒、どちらがいいですか？　青島《チンタオ》ビールもありますが……」

「あ、じゃあ、青島ビールをいただいていいですか？」

お互《たが》いにビールを注《つ》ぎあって、軽くグラスを合わせた。

「いただきます」

「はい、どうぞ」

こうして、和《なご》やかに食事は始まったんだけど。

「そういえば、ゴールデンウィークは、もう予定が決まっているんですか？」

総一郎さんがそんなことを言い出したのは、食事があらかた終わって、エビチリがつまみみたいになってきてからだった。

「ゴールデンウィーク……ですか？」

正直言うと、予定などは特にない。でも……。

「――――就職したばかりで疲《つか》れてるし、あまり外には出ないで、ゆっくり休もうと思ってます」

予定がない、と言うだけじゃなくて少しは牽制《けんせい》しておこうと思って、俺はわざとそんな風に言った。

別に嘘《うそ》じゃないし、いいよな？　なんて思っていたら。

「それなら、温泉はどうですか？」

「え？」

総一郎さんの口から出たのは、思わぬ提案だった。

「温泉でのんびりすれば、疲れも取れると思いますよ。移動は私の車でしますから、道中は寝《ね》ていて構わないですし」

「え、えーと」

まさかそう返ってくると思わなくて、俺はエビを咀嚼《そしやく》しながらしばらく悩《なや》む。もちろん、どうやって断ろうかと思って。

一緒《いっしょ》に旅行をする理由がない、というのが一番の理由なのは間違《まちが》いないんだけど、そんなこと言ったら総一郎さんを傷つける気がするし……。

旅行に行く金がない、というのはどうだろう……と思ったけど、自分が出すとかあっさり言いそうだ。これだけ経済観念が違うと、そんなのは逆に困ると言ってもわかってもらえる気がしない。

だったら……。

「でも、運転してもらっておいて寝てるとか、ちょっと申し訳ないし……」

「そんなことは、気にしなくて大丈夫《だいじょうぶ》ですよ」

苦しいだろうかとは思ったけれど、やっぱり即座《そくざ》に反論された。

「安全運転を心がけますし」

言われなくても、総一郎さんの運転技術に不安があるわけではない。

「——あの、でも、俺と総一郎さんが旅行とかって……ちょっとおかしいですよね？」

「おかしいですか？」

おかしいだろう。

総一郎さんが、本気で言っているのか問い詰《つ》めたいくらいだ。

これはもう、ソフトに躱《かわ》すのは諦《あきら》めて、はっきり言うしかないんだろうか……。

俺は一度こっそり深呼吸する。

「だって……——別に恋人《こいびと》同士っていうわけでもないのに」

俺と総一郎さんの関係からすると、さすがに言いづらい言葉だった。

けれど、体《てい》のいい言い訳を思いつかない以上、正直に言うしかない。

傷つけるかも知れないことは覚悟《かくご》して口にしたのに、総一郎さんがほんの少し淋《さび》しそうな顔になったのを見て、胸が痛む。

すみません、と謝罪が口をついて出そうになったけれど、ぐっと唇《くちびる》を噛《か》んだ。

傷つけるとわかってて口にしたことを謝るなんて、そんな、ただ許して欲しいというだけの謝罪を口にするのは、もっとひどいことのような気がして……。

「そんな顔しないでください」

自分がどんな顔をしているかはわからないけれど、総一郎さんがこんな風に言うということは、ひどい顔をしていたのかもしれない。

そう思いながら視線を上げると、総一郎さんはさっきの傷ついた表情が嘘だったみたいに、いつも通り微笑《ほほえ》んでいた。

「彼方は私にチャンスをくれると言ってくれたでしょう？」

「言いました……けど」

「旅行だってその一環《いっかん》ですよ。お互いを――いえ、私のことを彼方に知ってもらうための」

――そんなものだろうか？

俺にとって、気になる同性との旅行なんて、ほとんどしたことがないような特別なイベントだけど……。

「それとも、一緒に温泉に入ったら、私に恋《こい》してしまいそうで心配ですか？」

「っ……な、何言って……！」

総一郎さんのからかうような言葉と、どこか楽しげな笑顔《えがお》に、カッと頬《ほお》が熱くなる。

「いえ、すみません、冗談《じょうだん》です」

けれど、総一郎さんはすぐにそう言って、クスリと笑った。

「…………」

――本当に冗談だったんだろうか？

なんか今日の総一郎さんはちょっと、意地が悪いというかなんというか……。

いや、俺のした仕打ちを考えたら、ソフトな対応だとは思うんだけど、ひょっとしてこっちが地だったりして？

「でも、チャンスの一環だと思って欲しいというのは、本心ですから」

「え？」

ぐるぐると考えつつ、疑惑《ぎわく》の目を向けていた俺は、総一郎さんの言葉にぱちりと瞬《しばたた》いた。

「彼方は一度言ったことを違えるような人じゃないと、信じてます」

それってつまり、チャンスを与《あた》えるって言ったからには旅行も付き合えっていう……。

「信じてます」

二回言われた挙げ句、にこにこと微笑まれて、言葉に詰まる。

信じてるって言われても……チャンスを与えるってそういう意味なんだろうか？

拡大解釈《かいしゃく》されている気がするんだけど……。

「返事はすぐでなくて構わないので、前向きに検討してくださいね」

「……わかりました。考えておきます」

結局、俺はため息混じりにそう言った。

「はい」

そう頷《うなず》いた総一郎さんに、考えるのは効果的な断り文句であって、前向きに検討するっていう意味じゃないから、と心の中で呟《つぶや》く。

「そろそろ飲みなおしましょうか。軽いつまみを運びますから、ソファに移動しましょう」


「う……」

なんとなく腹のあたりがすうすうして、体を丸めようとした俺は、下半身が動かないことに気づいて目を開けた。

「えっ、ちょっ、何して……んっ」

下半身が動かなかった理由。

それは総一郎さんに右足を抱《かか》えられていたせいだった。ちなみに左足はソファの背もたれにかけられている。

あれ？　なんで？　なんでこんなことになってるんだ？

ぐるぐると混乱した頭でこうなった経過を思い出そうとするけれど、すっかり剝《む》かれている下半身を弄《いじ》られてそれどころじゃない。

……。

「やっと起きました？」

「お、起きましたって……っ、あっ」

総一郎さんがとんでもないところに顔を寄せ、ゆっくりと見せ付けるようにキスをする。

そして、そのまま、いつの間にかすっかり勃《た》ち上がっていたものを、パクリと咥《くわ》えられて…

「や、やめ……っ……んんっ」

ゆっくりと唇で締《し》めつけられて、腰《こし》ががくがくと震《ふる》えた。俺はなんとか逃《のが》れようと、自分の足の間にいる総一郎さんの肩《かた》を伸《の》ばした手で押す。

けれど、それくらいで総一郎さんが引いてくれるはずもない。

「ひぁっ」

じゅぷじゅぷと濡《ぬ》れた音を立てながら、総一郎さんの唇が上下する。強い快感に耐《た》え切れず、高い声がこぼれた。

「だめ、だ…めだっ…て」

唇の締めつけるような動きだけではなく、舌がゆっくりと俺のものに絡《から》みつく。先端《せんたん》だけを咥えられて舌で抉《えぐ》るようにされると、もうだめだった。

目もくらむような絶頂感に、涙腺《るいせん》が緩《ゆる》む。

そして、俺は自分でもあっけないと思うほどの早さで、総一郎さんの口の中に出してしまっ

たのだった。

ちゅっと、恥《は》ずかしい音を立てて、総一郎さんの唇が離《はな》れる。

そのまま嚥下《えんか》するところを見てしまい、俺は気まずい思いで目を逸《そ》らした。

「ね、寝《ね》てる相手にこういうの、ど…かと思います……っ」

居た堪《たま》れないような気持ちだったけど、抗議《こうぎ》をこめて言う。すると、総一郎さんが起き上がり、俺の顔を覗《のぞ》き込んできた。

「セックスの最中で寝てしまうのも、どうかと思いますけどね」

「え……？」

「覚えてないんですか？」

訊《き》かれて、俺はようやく自分がどこにいるかを思い出した。

そうだ、このソファ……。ここは総一郎さんの家のリビングである。

「確か、夕食の後こっちで酒を飲んでて……」

——飲んで？

飲んでいたことは覚えている。

けれどそこから先はもう、ふっつりと記憶《きおく》がなかった。

いや、まてよ。微《かす》かに、総一郎さんにキスされたような気も……って、あれ？　これはショールームでの記憶だろうか？

アルコールのせいで、記憶の時系列がぐちゃぐちゃになっているみたいだった。

「彼方が先にボタンを外したんですよ？　それも覚えてません？」

言いながら、シャツの合わせに手を入れられて、親指できゅっと乳首《ちくび》を押される。

「う、そ……っ」

「嘘《うそ》じゃありません。本当に覚えてないんですか？」

そう言われて、俺はなんとも言えずに黙《だま》り込んだ。

自分で脱《ぬ》いだ記憶はないけど、脱ぎ癖《ぐせ》がないわけではない……らしい。

過去の恋人《こいびと》に聞いた話で、やっぱり自分は記憶にないから半信半疑なんだけど……。

「心当たりがあるっていう顔になってますよ」

クスリと笑われて、言葉に詰《つ》まる。

「とにかく、誘《さそ》ったのは彼方ですし、最後までちゃんと相手してくださいね」

「あ……っ！」

言葉と同時に、腹の上にとろりとした液体を垂らされて、ぞわりと毛が逆立つような感覚がした。

イッたばかりで敏感《びんかん》になっている体は、体温でとろけたローションがだらだらとこぼれる感覚にさえ震えてしまう。

「っ、や…っ、…んんっ！」

腹の上で広げられたローションを手のひらでぐちゃぐちゃとかき混ぜられて、そのまま濡れた指が奥へと触《さわ》る。

そして抵抗《ていこう》する間もなく、中へと入り込んできた。

「あ…ぁ…っ！」

「必死に声を我慢《がまん》しているところもかわいかったですけど、やっぱり声が聞けるのはいいですね」

一旦《いったん》抜《ぬ》き出した指に再びローションを絡め、ゆっくりと中をかき混ぜるように指を抜き差しさせる。

「ひっ…あ、ぁ……あ…んっ」

何度も前立腺《ぜんりつせん》を擦《こす》られて、さっきイカされたばかりの場所が少しずつ頭を擡《もた》げていく。

「気持ちいいんですか？」

「よ……くな…っ」

本当は、気持ちよくて、今すぐにでも太いものでかき混ぜて欲しいくらいだったけれど、俺はそんな欲望《よくぼう》をこらえて頭《かぶり》を振《ふ》った。

「こんなに、美味《おい》しそうに飲み込んでいるのに？」

からかうような声と同時に、指が増やされる。

「や…っ、あ、あ……んっ」

総一郎さんの言葉通り、指が二本に増やされても、そこは痛みを訴《うった》えることもない。増すのはわずかな圧迫感《あっぱくかん》と、それを遥《はる》かに上回る快感だけだ。

「あっ、あぁ…っ…、や……そこ…っ」

前立腺を刺激《しげき》されて、きゅうっと総一郎さんの指を締めつけてしまう。

けれど、総一郎さんはローションのぬるぬるを利用して、その中を割り開くみたいに指を抜き差しした。

「うっ、んっ…っあ……っ」

何度も何度も繰《く》り返される動き。

そのたびに、くちゅくちゅという濡れた音がする。

ローションのせいだとわかっているのに、まるでそこが欲しがって濡れているような気がして、恥ずかしくなった。

「も、や…っ、あ…っ」

「なら、どうして欲しいのか言って下さい」

降ってきたのは、熱に浮《う》かされたみたいな俺の声とは全然違《ちが》う、楽しそうな——けれどまだどこか冷静な声だった。

自分だけが、総一郎さんの指に乱されているのだ。

そう思ったらなんだか泣きたくなって、俺は頭《かぶり》を振った。

「この前は、自分から言ってくれたのに……強情《ごうじょう》ですね」

「ひっ……やめ……っ……あっ……ああっ」

また一本、指が増やされた。

さっきよりももっと、自分の中がいっぱいになった気がする。でも、それでもやっぱり足りない。

でも……言えない。

どうして言えないのか、どうして拒《こば》まなければならないと思っているのかさえ、わからなくなりそうなほど惑乱《わくらん》していたけれど……。

「あっ……広げ……なっ……あっ！」

入れた指を中で広げるようにされて、そのまま抜き出される。

足りないと思っていたものを取り上げられて、体の奥が疼《うず》いてしまう。

それどころか総一郎さんは、背もたれに掛《か》けられていた俺の足を下ろし、腕《うで》を引いて起き上がらせると、強引に膝《ひざ》の上に抱《かか》え上げた。

すっかり体に力が入らなくなってしまっている俺は、くたりと総一郎さんにもたれかかる。

「ほら、素直《すなお》に欲しいものを言ったらどうです？」

耳元でささやかれて、手で尻《しり》を割り開かれる。

途端《とたん》……。

「やっ……」

中からとろりとこぼれるものを感じて、ぞわりと背中が震えた。

まだ中に出されたわけじゃないんだから、ローションだとわかっている。けれど、体内から零《こぼ》れ落ちるほどとろかされているのだと、思い知らされた気がした。

それにこうして向かい合って抱《だ》かれていると、総一郎さんも言葉ほど冷静なわけじゃないとわかる。

下腹部に当たる、熱。

はやく、これを中に入れてかき混ぜて欲しくて、たまらなくなる。

「入れて欲しいですか？」

そんなことを考えていたせいだろう。そう聞かれて、俺は結局頷《うなず》いてしまった。

だめだって、思っていたのに……。

「入れて欲しいのは指？」

「っ…ゆ、び」

「本当に？」

「ああっ」

一本だけ指が入れられて、またずるりと抜き出される。

「本当に指でいいんですか？」

「……ちが…のが欲《ほ》し…っ」

「――今日はこれくらいで許してあげましょう」

総一郎さんはそう言うと尻から手を離《はな》した。

「首に腕を回して、膝に力を入れてください」

腰《こし》を支えられて、俺は総一郎さんにすがるようにして膝立ちになる。

下を見ると総一郎さんが、ファスナーを下げて自分のものを取り出すのが見えた。

期待に心音が早くなる。

「ゆっくりと、腰を下ろして……」

「あ……」

足の間、その奥に、熱いものが当たった。

途端……。

「あぁ…っ、あ…ぅ…あーっ！」

ゆっくりと、と言われていたのに、力の入らない膝が崩《くず》れて、一気に奥まで総一郎さんのものが入り込んできた。

「ひ……ぁ…っ」

衝撃《しょうげき》と快感に、体がびくびくと震《ふる》える。

「動きますよ……っ」

「あぁっ、まって……あっ……ああっ」

腰を押し付けるように奥を小刻みに突《つ》かれる。

それだけでも気持ちよくて、おかしくなりそうだった。

「く…っ……」

総一郎さんの手が俺の腰を摑《つか》む。

動きは徐々《じょじょ》に大きくなって、膨《ふく》らんだ部分で前立腺を擦られると、それだけでイッてしまいそうだった。

そして……。

「あぁ………っ！」

腰を押し付けるようにして深い場所まで突き入れられて、俺は再び絶頂に達してしまったのだった……。


――流されてる。

どう考えても流されてる……。

職員玄関《げんかん》で靴《くつ》をしまいつつ、隣《となり》に並んだ『夏目（総）』のプレートを見てため息をつく。

週明けの月曜。

今日から一週間が始まるというのに腰が痛い、という残念な体調に、正直がっかりだ。

なんとなく前々から思っていたけれど、総一郎さんは物腰《ものごし》も柔《やわ》らかいし、すぐに下手に出てもくるけど案外食えないやつというか、最終的には総一郎さんのいう通りにさせられてる感があるよな。

そしてそれは、俺が総一郎さんと付き合う気は最初からなかったことを告白してから、ますます顕著《けんちょ》になった気がする。

いや、まぁ、自分の流されやすさもかなり反省すべきだとは思うんだけど。

でも、あの顔を見ているとついついこう……いや、だめだ。というか、顔が好みのタイプ過ぎて流されるとか、ちょっと人としてどうかと思う。

とりあえず、総一郎さんの前で酒を飲むのはくれぐれも控《ひか》えよう。

なんて考えながら職員室に入り、挨拶《あいさつ》をしながら自分の席に着く。

そして、斜《なな》め前の席の大川先生に挨拶をしたときだった。

「ねぇ、聞いた？」

「何をですか？」

少し困ったような、心配げな顔をしている大川先生に、どうやらいいニュースではなさそうだな、と思う。

「松山先生、入院したんだって」

「えっ!?」

その言葉に思わず松山先生の席を見たけれど、もちろんそこに先生の姿はない。

と言っても、松山先生はもともとそんなに来るのが早い先生ではないので、この時間にいなくても不思議ではないんだけど……。

でも、入院って……。

「大丈夫《だいじょうぶ》なんですか？」

この前の飲み会ではいい飲みっぷりで、どこも悪いところなどなさそうだったのに。

「それが、どうも骨折らしいの。もちろん命に別状はないけど、治るまで結構長くなりそうだとかで、ひょっとしたら唯坂先生にも授業の割り当て回ってくるかもしれないわよ」

「あ、そうか。そうですよね……」

松山先生が持っていたのは二年と三年の選択《せんたく》地理だから、一年の日本史を担当している俺に回ってくる確率は低い気もするけど、自習の監督《かんとく》くらいはありえそうだ。

「とりあえず、緊急《きんきゅう》の職員会議があるらしいから」

「はい、わかりました」

まぁ、とりあえず重い病気とかじゃなくてよかった、なんて思ったんだけど……。

俺に回ってきたのは、自習の監督なんかではなかったのである。

――職員会議で校長から言われたのは、松山先生が顧問《こもん》をしていた、演劇部の仮顧問になってほしいという言葉だった。


放課後。

俺は演劇部の部長である、飯田《いいだ》という男子生徒と一緒《いっしょ》に病院の廊下《ろうか》を歩いていた。

向かう先にあるのは、もちろん松山先生の入院している病室である。

「先生が引き受けてくださって助かりました」

引き受けたというか、引き受けさせられたというか……。

顧問をしていない先生というのが限られるし、校長に言われたらさすがに断れなかった。

「でも俺、本当に演劇とか全然わかんないんだけど、いいのかな」

舞台《ぶたい》というものを観《み》ること自体、ほとんど経験がない。

「大丈夫です。演出なんかは僕と副部長でやってますし……。ただ、校外公演を控えているので、どうしても先生に出てきていただかないとまずいときがあるんです」

「校外公演？」

初めて聞く話に、俺は首を傾《かし》げた。

「はい。毎年この時期に、公民館を借りてするんです。二、三年がキャストで、一年生は裏方を担当して……」

キャスト、というのは多分役者のことだよな？

「練習に関しても、週に三回ほど公民館を借りるので」

「それに俺が一緒に行く必要がある、ってことかな？」

「はい」

なるほど、と頷《うなず》いているうちに『松山』というプレートの入った病室にたどり着く。どうやら六人部屋らしく、プレートを入れる場所が六箇所《かしょ》あった。

ノックをしてドアを開ける。

「失礼します」

小声でそう言うと、左側の奥のベッドに松山先生が寝《ね》ていた。

と言っても、眠《ねむ》っているわけではない。

「ああ、来てくれたのか」

片耳にイヤホンをつけてテレビを見ていたらしい。入ってきたのが俺たちだと気づいて、イヤホンを取り、テレビを消した。

「はい。これ、よかったら召《め》し上がってください」

言って、飯田が持っていてくれたフルーツの籠《かご》を、ベッド脇《わき》のサイドテーブルに置く。

「どうですか、調子は？」

「いやー、折れたときは死ぬかと思うくらい痛かったけどね、今はもう固めてあるから全然平気だよ」

そう言って、ギプスをされたほうの足の、太腿《ふともも》あたりをぽんぽんと叩《たた》く。

「飯田が一緒ってことは、やっぱり顧問は唯坂先生が引き受けてくれたのかな」

「はい。まぁ、できることは、ほとんどないとは思うんですが」

やっぱり、というのは俺が新任で、まだ顧問をしていなかったからだろう。

「いやいや、僕だって演技に関してはからっきし、全くの素人《しろうと》だからね。その辺は部長と部員がしっかりしてるから。な」

「そんなことを言わずに、早く復帰してもらわないと困ります」

飯田はそう言って少し眉《まゆ》を寄せたものの、すぐに微笑《ほほえ》んだ。

その顔には、顧問が思ったよりも元気そうで嬉《うれ》しい、と書いてあるようだった。

松山先生も飯田を信頼《しんらい》しているみたいだし、いい関係だなぁとほのぼのする。

「校外公演の話は？」

「あ、今少し聞きました」

「うん。まあ、毎年のことだからね、公民館側もわかっているし、話はもう通してあるよ。スケジュールも決まっているし、その辺はあとで飯田に聞いてくれるかな。ああ、ただ公演自体が五月の三日だから……ゴールデンウィークは何か予定ある？」

「五月三日、ですか」

予定、と言うわけではないけど……。

——前向きに検討してくださいね。

総一郎さんの言葉を思い出して、思わず口ごもった。

「もし唯坂先生に何か予定があれば申し訳ないんだが、その日だけは他《ほか》の先生でもいいので探してもらって……」

「あ、いえ、大丈夫です。寝て過ごすつもりだったので」

心配そうな顔になった松山先生に、俺はあわててそう言った。

「本当に？」

「はい。ただ、五月ってまだ結構先なので、松山先生がお戻《もど》りになるのはそんなに先なのかと思ってしまって……」

俺の言葉に、松山先生は納得《なっとく》してくれたようだ。

「長いと言っても本当に骨折だけなので心配はいらないよ」

と言って笑った。

「もしも何かあったらいつでも相談に乗るから。唯坂先生も飯田も、気軽に相談に来てくれていいからね」

「はい」

「ありがとうございます」

お礼を言って、俺は飯田と一緒に病室を出た。

五月三日か……。

とりあえず、総一郎さんとの旅行を断るいい口実になった、と思えばいいんだよな。

そう思うのに、なんでだろう？　自分が思いのほかがっかりしている気がして、ぎょっとする。

状況《じょうきょう》だけじゃなくて、心まで流されてどうするんだと、自分に呆《あき》れた。

自己嫌悪《けんお》に陥《おちい》りそうだったところを止めてくれたのは、飯田の存在である。さすがに生徒に落ち込んだ姿を晒《さら》すわけにはいかない。

「えと、とりあえずこのあとは部活に顔出して挨拶《あいさつ》してくけど……」

「先生、本当に大丈夫なんですか？」

「ん？　何が？」

駅への道に向かいつつこれからのことを話そうとした俺は、飯田の言葉に首を傾げた。

「ゴールデンウィークですよ。彼女との約束とか、あったんじゃないですか？」

彼女、という言葉に一瞬《いっしゅん》また総一郎さんを思い出してしまい、心の中で打ち消す。

「ないない」

笑ってそう言ったけど、飯田はまだ納得していないようだった。

「本当ですか？」

重ねて問われて、苦笑《くしょう》する。

「んー、実はさ、ちょっと……どう断ろうかと思ってた予定があって、これで行かなくてすむなって思ってたんだよ」

今度は、本当ですか、とは言われなかった。

けれど、飯田が口にしなかったはずのその言葉が、心のどこかから聞こえた気がして、俺はそっとため息を飲み込んだ。

「――それで、公民館での練習っていうのは、もう始まってるのかな？」

「はい。今日は学校ですけど……」

そのまま、校外公演のことについてあれこれと聞いているうちに、駅に着いた。

ホームは午後四時過ぎという半端《はんぱ》な時間のせいだろう、随分《ずいぶん》人が少ない。

「あ、そうだ」

電車を待っているときだった。

「ん？」

「先生の携帯訊《けいたいき》いといていいですか？　できればメアドも」

「ああ、いいよ。俺も飯田のやつわかってたほうがいいし」

そう言って、携帯を取り出してから、電源を切ったままだったことに気づく。病院に入るときに切って、すっかり忘れていた。

そして、それはどうやら飯田も同じだったらしい。

「あ、酒井《さかい》からメールきてた」

「酒井って、副部長の子だっけ？」

確か女の子だったはず、と思いつつ訊くと飯田はこくりと頷いた。

「先生の様子どうだったかって……学校帰ったら話すのに」

そう言いながらもちょっと嬉しそうで、思わずニヤニヤ笑ってしまいそうになるのをこらえる。

付き合っているのか片思いなのかは知らないけれど、どうやら飯田はその酒井という子のことが好きなんだろう。

「とりあえず返信しとけよ。──俺も一本メール打っちゃうから」

赤外線で番号とアドレスのやりとりをしてから、俺はそう言った。

「あ、はい」

嬉しさを隠《かく》しきれない顔で頷いた飯田に、こっそり笑いをかみ殺しつつ、俺は新規メールの画面を開いた。

アドレスに、総一郎さんのメアドを呼び出す。

用件はもちろん、ゴールデンウィークのことだった。

本当は、なんだかんだ言って総一郎さんは今夜もどうせ来る気がするから、そのときに言ってもいいんだけど……。

やっぱり、面と向かって言うよりメールのほうが気が楽だよな。もし、詳《くわ》しいこと訊かれたらそのときに説明すればいいし……。

俺はできるだけ簡潔に、演劇部の校外公演があって、その付き添《そ》いと練習でゴールデンウィークがつぶれるので、温泉は無理になったという内容をメールした。

俺が仮の顧問《こもん》になった事情は、総一郎さんも職員会議にいたから、わかっているはずだし、これくらいで問題ないだろう。

送信し終わってすぐ電車が来たけど、飯田はまだ文面に迷っているみたいだった。

電車に乗り込みつつ、そんなに悩《なや》んでると、メールより先に学校に着くと言ってやるべきかと思って、やめておく。言っても焦《あせ》らせるだけだろう。

なんだか、その様子を微笑ましいと思いつつも、少しだけ胸が苦しい気がした。

心の奥————もう自分でも触《ふ》れられないほど、奥にしまったと思っていたはずのものに、チカチカと光が反射したような、そんな錯覚《さっかく》がして……。

半端に空《す》いた電車の座席に座って、ぼんやりと車窓を眺《なが》めながら、俺はなぜか携帯をしまうことができなかった。


手の中の携帯が震《ふる》えたのは、演劇部の練習を見学しているときだった。

開くとそれは予想通り総一郎さんからの返信で、でも内容は思っていたものとは少し違《ちが》っている。

『そういうことなら仕方がないですね。残念です。今日も演劇部の練習ですか？』

すごく、あっさりとした内容だった。

正直、拍子抜《ひょうしぬ》けした。もちろん、ごねられても困るんだけど。

あんなにしつこく誘《さそ》ってきたのに、と思ってしまう自分にびっくりした。

なんだかこれじゃ本当に、俺のほうが楽しみにしていたみたいじゃないか？

そんなことを思いながら『はい、練習です。公演も近いし、わからないことも多いので、できるだけ様子を見に行こうと思っています』と返信した。

ぱちんと音を立てて携帯を閉じる。

「何かまずいメールですか？」

「え？」

そう訊いてきたのは、さっき飯田からのメールを受け取ったはずの、酒井という女生徒だった。

酒井は今練習している場面では、出番がないらしい。ついさっきまで、体育館のステージの下から練習を見上げていた。

といっても、ただ見ているだけではなくて、演出をしている飯田と一緒《いっしょ》に演技のよくないところを指摘《してき》したりする仕事をしているのだという。

けれど、いつの間にそばに来ていたのか、今は俺を見て首を傾《かし》げていた。

「……そんなことないけど、なんで？」

「なんとなく、怒《おこ》ってるみたいだったので」

その言葉に内心どきりとしたものの、なんでもないよと頭《かぶり》を振《ふ》る。

怒ってるつもりはなかった。

けど……。

「練習は見てなくていいの？」

「見てますよ。でも先生の分の台本、コピーができたから、持ってきたんです」

話を逸《そ》らそうと思って言った俺に、酒井がそう返してくる。

「あぁ、ありがとう」

渡《わた》されたのは、よくあるB5タイプの紙のファイルだった。

そこに、わら半紙に印刷された、台本がファイリングされている。

「今夜にでも読んでみるよ」

それをパラパラと捲《めく》りながらそう言うと、酒井は頷《うなず》いて練習へと戻《もど》っていった。

追及されなかったことに少しだけほっとして、ため息をこぼした途端《とたん》、もう一度携帯が震えた。

『そうですか、お疲《つか》れ様です。急に仕事が増えて大変だと思うので、今日の訪問は控《ひか》えます。ゆっくり休んでください』

その文面を見た途端、なんともいえない、もやもやとした気持ちになった。

拍子抜けしてて、ほっとしてもいて、なのになぜか――少し落ち着かない。

なんでだろう？

……どうしてこんな気になるんだろう？

疲れているから来ないで欲しいと、先に言ったのは自分なのに。

自分の気持ちがわからないまま、俺はもらった台本を読む振りをして、ずっと下を向いていた。

ゴールデンウィークを一週間後に控えた金曜日。

空き時間だったはずの時間に、松山先生が担当している授業の自習監督《かんとく》が入った俺は、昼食後、職員室ではなく印刷室へと向かっていた。

自習用のプリントを印刷するためである。

「あれ？」

印刷室に入ると、二台ある印刷機を使っていたのは、隆一先生だった。

「印刷？　ごめん、これ終わったら、こっち空けるから」

「はい。あ、急がなくても大丈夫《だいじょうぶ》です。俺は一枚だけなんで、そんなに時間かからないと思いますから」

「そっか。俺のほうもこれ終わったら、もう一枚だけだから」

頷いて、俺は木でできた丸椅子《いす》に腰《こし》掛《か》ける。

……そういえば、隆一先生の授業は、プリントを使うことが多いのだと聞いたことがある。

きっと今印刷しているのも、授業で使うプリントだろう。

「あ、そうだ。隆一先生」

「んー？」

「今度、先生の授業を見学させてもらっていいですか？」

俺の言葉に、隆一先生は驚《おどろ》いたように振り返った。

「見学？」

「はい。ダメでしょうか？　松山先生の退院後でいいので」

総一郎さんに言われてしてみようと思っていたのに、直後に松山先生が入院したので、結局延び延びになってしまっていたのである。

今は松山先生のフォローで社会科全体がばたばたしているし、俺自身も演劇部に寄ってから帰るせいで夜に自習する時間が少し短くなっている。

多分せっかく見せてもらっても、考える時間が取れないだろう。

「ダメじゃないけど……恥《は》ずかしいなぁ」

「隆一先生でも恥ずかしいんですか？」

意外な言葉に思わず目を瞠《みは》った俺に、隆一先生が苦笑《くしょう》する。

「当たり前だって。——まぁ、いいけど」

「ありがとうございます！」

よかった。

俺は了承《りょうしょう》が取れたことに、ほっと胸を撫《な》で下ろした。

「そう言えば、唯坂先生、ゴールデンウィークはどうするの？」

「え？　ああ、演劇部の校外公演があるんで、それの引率《いんそつ》です」

　実際はどっちが引率してるかわかんない感じだけれど、と思いつつそう言うと、隆一先生は同情的な目になった。

「そう言えばそうか。部活がある先生は大変だよね」

「まぁ、仮ですけどね」

「いや、多分松山先生はこのまま、唯坂先生を副顧問《こもん》にするつもりなんじゃないかな」

「え？」

　それは初耳である。

「うちの演劇部って、結構強豪《きょうごう》なんだよ。都大会は常連だし、二年前に関東ブロック大会にも出てるし」

「関東ブロック？」

　それがどの程度のものなのかわからずに訊《き》くと、全国大会の一つ前だという答えが返ってきた。確かにそれは強豪といっていいんだろう。

「昔は全国行ったこともあったらしいけど……まぁ、とにかく大会とかあると泊《と》まりで引率とかもあるからね。合宿もあるし、家庭持ちじゃない先生を副顧問にして、引率任せたいっていうのがあるみたいで」

「……全然知りませんでした」

けれど、別にいやだとは思わなかった。

毎日のように見学に入っているせいもあって生徒たちと大分打ち解けてきていたから、むしろ松山先生が退院したら終わりというほうが淋《さび》しかったかもしれない。

「そう言えば、先生は部活とかないんですか？」

「俺？　天文部は、合宿は夏って決まってるからな。他《ほか》は別に、休みに出てきてまでするようなことないし」

「そうなんですか」

まぁ、活動のメインは夜って感じだもんな。

「ゴールデンウィークはどうするんです？」

「うーん、実は未定なんだよね」

停止した印刷機から印刷物を取り出しつつ、隆一先生はため息をついた。

「使いたい別荘《べっそう》があったんだけど、そこ総一郎が使うらしくってね」

「総一郎先生が？」

その名前にどきりとして、俺は思わずプリントをセットしていた手を止めてしまう。

総一郎さん――――ゴールデンウィークに予定入れたんだ……。

いや、俺は断ったんだから、その後どんな予定を入れても口を出す権利はないし、総一郎さんが別荘へ行くのも自由なんだけど……。

そう自分に言い聞かせるように考えつつ、枚数をセットしてスタートボタンを押す。

がしゃがしゃと大きな音をたてて、プリントが次々に吐《は》き出されてくる。

「うん、譲《ゆず》ってもらえないか一応訊いてみたんだけど、ダメだって言われて」

「そこは、総一郎先生の別荘なんですか？」

譲って、という言い方が気になって訊いてみると、隆一先生は頭《かぶり》を振った。

「いや、誰《だれ》のって言うわけじゃなくて……一族のって言えばいいのかな？　基本的に、祖父《じい》さんが使ってる別荘と、寺崎さんの別荘以外は全部、親戚《しんせき》なら使えることになってはいるんだけど、使いたいときは早い者勝ちなんだよ」

「へー……」

もう、なんかよくわからない世界だなと思う。

「いつもだったら、結構あっさり譲ってくれるんだけど、今回はダメだって言われてね……」

「それは……残念でしたね」

でも確かに、総一郎さんならそういうの譲ってしまいそうな気がする。

あまり執着《しゅうちゃく》しない感じっていうか……いつも、相手のいいようにって感じだ。

いや、これと決めたことについては、逆にすごく押しが強いというか、しつこいとこもあるんだけど。

にこにこ笑ったり、しょんぼりしたりしながらも、結局は自分の意志を通そうとする総一郎さんを思い出してしまう。

けど、実は最近あんまり会ってないんだよな。

松山先生が入院したあの日から、総一郎さんがうちに来る頻度《ひんど》は激減している。

しかも、それだけじゃなくて、総一郎さんが来る日は前もってメールで予定を訊かれるようになっていた。

不満なわけではもちろんない。

毎日来ないでほしいと言ったのは俺だし、突然《とつぜん》来られるよりも前もって打診《だしん》してくれたほうが助かる。

けれど、なんだろう。

あの日、二通目のメールを見たときに感じた、拍子抜《ひょうしぬ》けしてて、ほっとしてもいて、なのになぜか少し落ち着かない、そんな気持ちがずっと胸の中にあった。

学校にいるときはほとんど意識しないし、総一郎さんがいるときも気にならない。

けれど、家で一人になるとどうしても、その気持ちがもやもやと湧《わ》き上がってきてしまう。

その上、それは総一郎さんからのメールが来るたびに、少しずつ膨《ふく》らんでいくようで……だから最近はメールを受け取るのが、少し憂鬱《ゆううつ》だった。

「他の別荘じゃダメなんですか？」

いくつあるか知らないけれど、言い方からすると、そこにこだわらなければ、他にもありそうなのに。

「今回はそこじゃないと意味なくてさ」

「そうなんですか」

そんなに特別な別荘なのか、と思いつつ、あっという間に排出《はいしゅつ》の終わったプリントを取り出す。

「もう一回訊いてみたらどうです？　どうしてもって言えばひょっとしたら……」

「うーん……なんかさ、総一郎って婚約《こんやく》者がいるんだけど、どうもその子と一緒《いっしょ》に行くっぽいんだよね」

――――え？

さらりと言われた言葉に、俺はぴたりと動きを止めた。

「婚約……者？」

すっと、血の気が引いたように背筋が冷たくなる。なのに、なぜか心音は逆にどんどん早くなっていく気がした。

「そうそう。まぁ、今時ないような話だし、びっくりするよね」

聞き間違《まちが》いではなかったらしい。

隆一先生は俺が固まっているのが、単にびっくりしたせいだと思ったらしく、俺にそう言い、声を立てて笑う。

どう考えても、冗談《じょうだん》を言っているようには見えない。

「今まで全然、顔も合わせなかったのに、最近よく会ってるみたいなんだ。ひょっとしたらゴールデンウィークの旅行でプロポーズでもする気なのかもしれないと思ってね。だったら、しつこくするのもなって……よし、終わりっと。唯坂先生は？」

「……あ、はい！　終わってます」

「じゃ、行こっか――……って、原本取った？」

「あ、すみません、忘れてました」

俺はあわてて印刷機から、元になるプリントを取り出して、刷り出したプリントとは別にファイルに戻《もど》す。

そうして電気を消すと、隆一先生と連れ立って印刷室を出た。

それから三年の校舎へ行くという隆一先生と渡《わた》り廊《ろう》下《か》の手前で別れて、二年の校舎へ、そしてBクラスの教室へと向かう。

その間、俺の思考はほとんど凍《こお》りついていた。

というか、たった今聞いた『婚約者』という言葉でぎちぎちになっていて、回転しようもないような状態だったんだと思う。

そのあとも、ずっとそんな感じだった。

なんだろう？

ちゃんと動けているのに。喋《しゃべ》れているのに。

まるで、全部反射だけでやってるみたいだった。

自分の意思とかじゃなくて、こういう反応が来たらこう返す、そういう決まりに従って動くプログラムみたいな感じで……。

ぎちぎちだった思考に、ほんの少しだけ余裕《よゆう》ができたのは、放課後。

職員室を出て、いつも通り演劇部の練習に顔を出そうと、体育館に足を向けたときだった。

携帯《けいたい》に、メールの着信があったのである。

ポケットから携帯を取り出し、開く。それは思った通り、総一郎さんからのメールだった。

『お疲《つか》れ様です。そろそろ演劇部の練習を見ているころでしょうか？　今日は伺《うかが》っても大丈夫《だいじょうぶ》ですか？　あと、土日は時間が取れるでしょうか？』

それを見た瞬間《しゅんかん》。

少しずつ溜《た》まっていたもやもやがいっぱいになって、今まで止まっていた感覚までもが一気に噴出《ふんしゅつ》したような、そんな気がした。

――総一郎って婚約者がいるんだけど。

――最近よく会ってるみたいなんだ。

――プロポーズでもする気なのかも。

昼休みに聞いた隆一先生の言葉が、耳の奥にはっきりとよみがえってくる。

つまり、総一郎さんが最近あまり来なくなったのは、婚約者と会っていたせいってことか？

そう思ったら、カッと頭に血が上った。

婚約者がいる？　最近よく会ってる？　プロポーズする？

それなのに、俺に手を出していたってことか？

「なんだよ、それ……！」

思わず口をついてこぼれた声に、廊下にいた生徒が振《ふ》り返る。

それを見て、あわてて俺は踵《きびす》を返した。

もう、学校にいられる気分ではない。もちろん、演劇部の練習を見るなんて無理に決まっている。

俺は体育館ではなく、まっすぐ職員玄関《げんかん》へと向かった。

そのまま靴《くつ》を履《は》き替《か》えるのももどかしく、マンションへ向かって走る。

歩いて十分のマンションは、走ったらあっという間だったけど、運動不足がたたって、部屋に着いたときにはもうへとへとだった。

靴を脱《ぬ》ぎ、玄関から十歩もかからない場所にあるベッドへと転がる。

疲れはてて、すぐには声も出なかった。

けど、それでよかったんだと思う。

「なん…だよ…っ…それ……！」

もしも、体力が残っていたら多分叫《さけ》んでいた。

酸欠で頭がくらくらする。心臓がうるさいくらい鳴って、顔も体も熱い。横っ腹が痛い。

そして、苦しくて。苦しくて。

――なんだ俺、総一郎さんのこと好きだったんだ。

そう、唐突《とうとつ》に気づいた。

気づいて……しまった。

「嘘《うそ》だろ……」

恋《こい》をしたりしないって、あんなに思っていたのに……。

いつからだったんだろう。…………わからない。

さっきのメールを受け取ったとき？

それとも、最初から……？

でもきっと、病院から帰ったあと、自分の気持ちがわからないと思ったときにはもう、始まっていた気がする。

ずっと、恋をする自分を捨てることばかり考えていたから、それが自分にとっての、恋の初期症状《しょうじょう》の一つだってことを、すっかり忘れていた。

自分の気持ちのはずなのに、相手が絡《から》むとわからなくなる。

自分がどうしたいのかも、相手をどう思っているのかも……。

ただ確かなのは、婚約者がいるとわかっても、もう追い出せないほどに、恋が大きくなってしまったということだった。

もう、この恋は、自分の心そのものだから……。

「どうして……」

どうしてこんなタイミングなんだろう？

恋をすることをやめると決めてから出会って、恋だと気づいたときには手に入らないものになってるなんて。

いや、婚約者は昔からいたんだろうから、最初から手に入れることなんて、できない恋だったのかもしれないけど……。

――でも、隆一先生は、総一郎さんが婚約者と会うようになったのは最近の話だと言っていた。

もしも、俺が最初から恋をするつもりで総一郎さんにまっすぐ向かい合っていたら？　ひょっとしたら手に入れられる可能性だって、ゼロではなかったのかもしれない。

でも、きっともう遅《おそ》い。

俺が恋に気づくより前に、総一郎さんは見切りをつけてしまったんだろう。

それで、婚約者《こんやく》との結婚を、前向きに考え始めたのかもしれない。

けれどそう考える傍《かたわ》らで、今までだって、遊びの関係なんてあったのだから、総一郎さんがそうでないとは言い切れないと思う自分もいる。

最初から俺とのことは、結婚するまでの場つなぎ的なものとして、考えていたのかもしれない。

でも、全部が遊びで、再会後の総一郎さんの態度も、幸せにしたいと思っているという言葉も、嘘《うそ》だったなんて、思いたくない。

けれど、最初に嘘をついたのは自分で……。

もしも、見切りを付けられたんだとしても――遊びだったんだとしても。

どちらも悪いのは自分だ、と思う。

もし総一郎さんが本気だったのに心変わりしたなら、それを引き止める権利はないし、最初から遊びで婚約者と二股《ふたまた》を掛《か》けられていたんだとしても、それを怒《おこ》る権利はない。

それに、自分は教師なのだからと、まっとうでない恋愛《れんあい》をそんな自分ごと捨てようとしたのに、いまさら好きになったからって、女性と結婚できる総一郎さんを巻き込むなんてできるはずがなかった。

「身から出た錆《さび》の、フルコースって感じ？」

冗談《じょうだん》めかして呟《つぶや》いてみたけれど、ちっとも笑えない。

それどころか、ぱちりと瞬《しばた》いた途端《とたん》、涙《なみだ》がこめかみをすっと滑《すべ》り落ちた。

「…………」

全部全部、たとえばの話。

推測に過ぎない。

けれど、ここまで考えてようやく、心がしんと落ち着いた。

学校であんなに頭に来たのが、嘘みたいに……。

深く搾《しぼ》り出すようなため息をついて、俺はベッドから起き上がる。

途端に、体の下でスプリングがきしんで、その安っぽさに思わず笑ってしまった。それで少し、力が抜《ぬ》けた気がする。

それから、着たままだったジャケットのポケットから、携帯《けいたい》電話を取り出す。

まずやったのは、飯田にメールすることだった。

今日は部活に顔を出せなくなったことを、連絡《れんらく》するついでに、明日、明後日《あさって》の練習予定を訊《き》こうと思ったのである。

確か公民館を使う予定だったとは思うけど、正確な時間なんかは今日行ったときに訊けばいいと思っていたので、まだ打ち合わせていなかった。

帰宅の理由が思いつかず、少し体調が悪かったと嘘をついてしまったけれど、たいしたことはないことも付け足しておく。

タイミングがよかったのか、返信はすぐに来た。

『体調は大丈夫《だいじょうぶ》ですか？　こちらは気にしなくて大丈夫です。わざわざありがとうございました。明日の土曜日、午前は学校で基礎連《きそ》、午後は大道具の運び入れと、公民館での練習。日曜は午前からずっと公民館です。もし可能なら、午後の大道具の運び入れだけでも、来てもらえると助かります。差し入れ期待してます』

文末に笑顔《えがお》のマークがついていて、少しだけ気分がほぐれる。

予想通り、公演間近の土日ということもあって、みっちり午前中から練習があるらしい。

俺は飯田に、できるだけ午前中から顔を出す旨《むね》を送信してから、今度は総一郎さんへのメールを打ち始める。

今日は少し疲《つか》れているので来られては困ること、そして土日ともに演劇部の練習に付き合うから無理だということ……。

送信ボタンを押そうとして、迷った。

――はっきりさせたほうがいいんだろうか？

婚約者のことを、訊いてみるべきだろうか？

『婚約者がいるって本当ですか？』

そう打って……すぐにその部分を削除《さくじょ》した。

やっぱり、訊くのはまだ怖《こわ》い。

それに、訊いてどうするのか、とも思う。

いいえという返事が来たとしても、すぐに信じることなどできない気がした。それに……はい、という返事が来たらどうするのかも、決めていない。

それが自分の逃《に》げだということはわかっていたけれど……。

俺は、メールの送信ボタンを押すと、ため息をついて目を閉じた。


インターフォンの鳴る音で、目が覚めた。

――どうやらあのまま、いつの間にか眠《ねむ》り込んでしまったらしい。

時間を確かめようと、握《にぎ》ったままだった携帯を見ると、メールの受信と着信を知らせるアイコンが点《つ》いていた。

メールは総一郎さんの返事かなどと思いつつ、確認は後回しにしてベッドから下り、インターフォンの受話器をとる。

「はい？」

けれど、受話器からこぼれた声を聞いた途端、携帯の確認《かくにん》のほうを優先するべきだったと後《こう》悔《かい》した。

『彼方？　大丈夫ですか？』

「っ…………総一郎さん？」

ぼんやりしていた頭が一気に覚醒《かくせい》した気がする。

どうして、総一郎さんが？

来ないようにとメールしたのに……。

わからない。けれど、なんにしろとてもじゃないけど、会って話ができるような精神状態ではないと思った。

「今日は……無理だって」

そう言いながら、携帯を確認する。

メールが二件、着信が二件。

二件目のメールを見たら、総一郎さんがここにきた理由がわかった。

『すみません。――顔が見たかっただけですから』

いつかと同じ言い訳。

けれど、少しだけ泣きたくなる。

「いえ、こっちこそメール気づかなくてすみません。今見ました」

大丈夫ですか？　と、さっき、第一声で口にしたのと同じ言葉で結ばれたメール。

俺があわてて学校を出るあまり、職員玄関《げんかん》のネームプレートをひっくり返し忘れていたため、まだ校内に俺がいると思った総一郎さんは体育館までいったらしい。

そして、そこで俺が体調不良で帰宅したことを聞いたようだ。

そこでメールしてみたものの返信がなく、その後の着信にも出なかったから、本当に心配してきてくれたんだろう。

「薬を飲んで寝《ね》ていたので……気づかなくて。ご心配おかけしてすみません」

『私が勝手に心配しただけですから、気にしないでください。……顔を見せていただくことはできませんか？』

「……すみません、今日のところは帰ってください」

すこし迷って、けれどやっぱりそう答えた。

今顔を見たら、泣いてしまいそうな気がしたから。

『そうですか。わかりました。でも、もし何かあったらいつでも連絡してくださいね』

「――いつでも？」

本当に？

そんな気持ちが声に出てしまったのだろう。

『もちろんです』

総一郎さんはそう言って、帰っていった。

俺は、通話の切れたインターフォンの受話器を戻《もど》すと、もう一度携帯のメールを見つめる。

一通目は、俺のメールに対する返信。

二通目は、俺の体調を心配するメール。

いつもとまるで変わらない。簡潔だけど、やさしいメールだと思う。

――婚約者《こんやく》がいるなんて話、嘘《うそ》だって思いたい。

けれど……。

本当のことを確かめようと一度立ち上げた新規メールを、結局書き上げることなく俺は携帯を閉じた。


今年のゴールデンウィークは二十九日が金曜日だったので、七日間の大型連休である。

出だしは天候に恵《めぐ》まれなかったけど、幸い校外公演の本番である今日は、見事な五月晴《さつきば》れだった。

そのせいなのかどうなのか、観客の入りも悪くないようだ。

校外公演といっても、公民館はレンタル料が無料だし、当然公演自体も無料。

それに、ゴールデンウィークということもあって、OBやOGなんかも来るから、毎年そこそこの集客が見込めるのだと聞いている。

実際、開場直後に照明と音響《おんきょう》の生徒に声を掛《か》けにいったときには、すでに座席の半分は埋《う》まっていた。

俺は今日も別にできることはないけれど、ステージの上手《かみて》——客席から見て右手側の舞台袖《ぶたいそで》で、生徒たちの奮闘《ふんとう》を見守ることになっている。

邪魔《じゃま》にならないだろうかと思ったけれど、飯田たちにぜひそうして欲しいと言われたときは、やっぱりちょっと嬉《うれ》しかった。

そうして開演の時間を待ちつつ、小道具係の生徒と一緒《いっしょ》に最後のチェックをしていたら、衣装を着け、メイクも終えた飯田と酒井が下手《しもて》のほうから現れた。

緞帳《どんちょう》の隙間《すきま》から客席を覗《のぞ》いているのを見て、ほほえましくなる。

「……そう言えば」

先日報告を兼《か》ねて再度見舞《みま》いに行ったとき、松山先生も仮退院して見に来たいと言っていたけれど、結局どうなったんだろう？

気になって、俺は二人の背後に近づいた。

「あ、唯坂先生」

「おつかれ。どう？　埋まってる？」

ドーランと呼ばれる特殊《とくしゅ》なメイク道具のせいで、妙《みょう》に陰影《いんえい》のはっきりした顔になった二人が、興奮したようにこくこくと頷《うなず》く。

それからもう一度、緞帳の隙間を覗いた。

「一階はほとんど埋まってるし、二階も前のほうは人座ってる」

「あっ、やっぱり三列目にいるの、先輩《せんぱい》だよ」

「先輩？」

一瞬《いっしゅん》、飯田たちは三年なのに？ と思ったけれど、すぐにそれがOBやOGのことだと気づく。

「はい。去年卒業してった先輩たちです。三列目が一番目が合いやすいから、知ってて大抵《たいてい》あそこに座るんですよ」

酒井はそう言うと、むっとしたように口を尖《とが》らせたものの、声は嬉しそうに弾《はず》んでいる。やっぱり、見に来てもらえたのが嬉しいんだろう。

「そうだ、松山先生は？」

「あ、来てましたよ。ええと、二階席の一番前です。左のほう。松葉杖《まつばづえ》突いてたからすぐわかりました」

言いながら飯田が体をずらしてくれたので、礼を言いつつ覗いてみる。

言われた通り二階席を見ると、松山先生が奥さんらしき女性と並んで座っていた。

ここからじゃ遠くて、表情まではわからないけれど、きっと楽しみにしてくれているだろう。

挨拶《あいさつ》に行くか迷ったけれど、終わったあと顔を出してくれると言っていたし、開演まで十分を切っているので、やめておくことにする。

「あっ、あれ、総一郎先生？」

「え？」

緞帳から離《はな》れようとした俺は、酒井の言葉に耳を疑った。

総一郎さんが見に来てくれた……？

別荘《べっそう》に行ったんじゃなかったんだろうか？

あの、インターフォンで話した日から今日までの約十日。

演劇部の練習が毎晩七時過ぎまであったせいもあって、プライベートでは一度も会っていなかったけど……。

「今入ってきた、二人連れの――あ、やっぱりそう」

「二人連れ？」

その言葉に、いやな予感がした。

たった今までわくわくとしたような、そんな気持ちでどきどきしていた心臓が、違《ちが》う意味で早鐘《はやがね》を打つ。

「真ん中の入り口から入って、今階段登ってますけど……」

酒井がそう言ったとき、俺はようやく総一郎さんを――総一郎さんとその女性を見つけた。

「あの人誰《だれ》だろ？」

好奇心《こうきしん》の滲《にじ》む声で酒井が呟《つぶや》く。

「え、何？　俺も見たい」

そう言われて、俺は自分の場所を飯田に譲《ゆず》った。飯田がすぐに隙間に顔を寄せる。

「どこ？　まだ立ってる？」

「もう座った。一番後ろ」

見てなくても、もう完全に脳裏《のうり》に焼きついてしまった。

総一郎さんと並んでいた女性。

「すごい美人だな。さすが総一郎先生」

飯田の言葉にどきりとする。

本当にその通りだった。服装はどっちかと言ったら地味なのに、公民館なんていう場所に似合わないような、華《はな》やかな雰囲気《ふんいき》で……。

総一郎さんもそういうタイプだから、あそこだけ空気が違うようにさえ見えた。

「……確かにきれいだけど、おばさんじゃない」

手放しで褒《ほ》めた飯田に、酒井が面白《おもしろ》くなさそうに言う。

「えっ、そうかな？」

「そうだよ。絶対アラサーだし」

確かに女性は二十代後半から三十代前半くらいに見えた。

つまり、総一郎さんとは同年代ということになる。

――あの人が、婚約者なんだろうか？

そう思った途端《とたん》、胸がキリキリと痛んだ。

一体どういうつもりなんだろう？

二人が別荘から戻ったところなのか、それともこのあと向かうところなのかは知らないけれど、なにも俺がいるとわかっているところに、一緒に来る必要はないんじゃないかと思う。

「飯田ー、そろそろ五分前だけど、アナウンス入れていい？」

「あー、頼《たの》む」

言いながら飯田は緞帳から離れる。

酒井はそんな飯田に、ため息をこぼした。

それを見て俺は、今は総一郎さんのことを考えている場合じゃない、と自分に言い聞かせる。

劇についてはなにもできなくても、教師としてここにいるんだから……。

「酒井」

「は、はい？」

「役に集中できそうか？」

それでも、微笑《ほほえ》むことはまだ難しかったから、できるだけ真剣《しんけん》な顔で酒井を見つめた。

酒井はそんな俺を見てぱちりと瞬《しばたた》くと、はっとしたような顔になる。

そして、力強く頷いた。

それと同時に、携帯《けいたい》の電源を切ることや飲食の禁止といった、注意事項《じこう》のアナウンスが流れる。

それが合図だったのか、キャストや、大道具、小道具などの袖《そで》に控《ひか》えているスタッフの生徒たちがステージに集まり始めた。さすがに音響と照明はもうスタンバイした位置から動けないのだろう。

今回のキャストは十三人。その全員と数人のスタッフが円陣《えんじん》を組む。

二年はもちろん、三年生もさすがに緊張《きんちょう》の面持ちだ。

俺は袖からそれを見守りながら、せめて緞帳が上がり、そしてもう一度下がるまで、教師としての顔でいられるように頑張《がんば》ろう、と思い、ぎゅっと手のひらを握《にぎ》り締《し》めた。

「えー？　先生は打ち上げ行かないんですか？」

「俺が行ったら、お前ら盛り上がれないだろ？」

残念そうに言ってくれるのをありがたいと思いながら、部員の頭を撫《な》でる。

「けど、羽目外しすぎるなよ？　アルコールは厳禁だからな？」

おそらく守られないだろうなと思いつつ、それでもそう注意して、俺は体育館の前で生徒たちと別れた。

携帯を見ると、そろそろ七時。外はすでに真っ暗である。

大道具だのなんだのの片付けもあって、すっかり遅《おそ》くなってしまった。

けれど、今日を最後にゴールデンウィーク中の部活は休み。しばらくは教師の顔もお役ごめんだ。

緞帳《どんちょう》が下がっても、教師の顔のままでいられたのは、生徒たちの熱気に巻き込まれていたせいだったんだろう。

一人になった途端、どうしていいかわからないような、寄る辺ない気持ちになって、俺はため息をついた。

脳裏に浮《う》かぶのは、総一郎さんと一緒《いっしょ》にいた女性の姿だ。

きれいなロングの髪《かみ》をふわりとカールさせて、明るい色のスーツを着ていた。

少し硬《かた》めの格好だったけど、教師らしく固いスーツを着ていた総一郎さんと並ぶと、すごくお似合いで……。

やっぱり、総一郎さんは女性と並んでいたほうがいい、と思う。

いずれこの学校を継《つ》ぐ人なのだ。おかしなスキャンダルなんて一つも、寄せ付けるべきじゃない。

——……ちゃんと清算しよう。

流されたり、逃《に》げたりしないで。

俺はそう決めると、体育館の鍵《かぎ》を閉め、校門へ向かって歩き始めた。

家に帰ったらすぐ、総一郎さんに電話しよう。

そして、もう本当に総一郎さんと付き合うことはできないと話そう。

そんなことを考えていたせいだろうか？

校門の前に停《と》まっている車が、総一郎さんのもののように見えた。

——いや。

「彼方」

運転席の窓から名前を呼ばれて、俺は思わず立ち止まる。

「総……一郎さん」

「お疲《つか》れ様でした」

言いながら、総一郎さんが助手席のドアを開けた。

そこが空だったことに、少しだけほっとする。どうやら、あの女性とはすでに別れたあとのようだ。

「送りますよ。どうぞ、乗ってください」

正直、逃げ出したかった。

けれど、もう流されたり逃げたりしないって、決意したばかりじゃないかと、自分に言い聞かせる。

きちんと清算する、いい機会なんだ。

「……ありがとうございます」

俺はそう覚悟《かくご》を決めて、助手席に乗り込んだ。

シートベルトを締めると、車はすぐに走り始めた。

ここからうちまではすぐだ。早く話し始めないと、着いてしまう。そう思うのに、いざとなると何から話していいかわからなくて、俺は口を開くことができなかった。

「すばらしい舞台《ぶたい》でしたね。実を言うと、演劇はあまりなじみがなかったんですが、とても面白かったです」

「………ありがとうございます」

「演技もですが、照明の使い方が上手《うま》いと思いました」

それは今度飯田に伝えておこう、と思う。

けれど、このままでは公演の感想を聞いているだけで家に着いてしまう。

そしたらまた、決心が鈍《にぶ》ってしまいそうな気がして……。

「………あの…っ」

「はい？」

俺は顔を上げることもできないまま、ぎゅっと手のひらを握り締めると、俺は思い切って口を開く。

「もう、俺……総一郎さんとプライベートで会うのはやめにします」

何から言おうかと迷って、最初にこぼれたのは結論だった。

「……少し待ってください。車を停めますから」

沈黙《ちんもく》のあと、総一郎さんは静かな声でそう言うと、しばらく走ってから車を停めた。

ライトを消したのだろう。車内が暗くなる。

「理由を、訊《き》いてもいいですか？」

静かな口調だったけど、どこか苛立《いらだ》ちを抑《おさ》えたような声で言われて、俺は下を向いたまま小さく頷《うなず》いた。

「総一郎さん、今日二人で来てましたよね？」

「……はい」

ほんの少しの沈黙。

それがとても意味のあるものに思えて、心臓がぎゅっとなる。

でも、このことを訊かないと、清算することなんてできない気がした。

「あ、あの……」

はっきりさせないまま終わらせたら、ずっともやもやした気持ちを抱《かか》えて生きていくことになってしまいそうだから。

「あの人が、総一郎さんの婚約《こんやく》者なんですか……？」

「婚約者？」

驚《おどろ》いたような声だった。

「総一郎さんには、婚約者がいるって……ゴールデンウィークはその人と一緒に行くために別《べっ》荘《そう》押さえてるって聞きました。なのに、どうして俺に…」

「——待ってください」

「？」

どこか困ったような声で、けれどきっぱり言われて、俺は話すのをやめ、ようやく顔を上げた。

けれど、車の中は真っ暗で、総一郎さんの表情はわからない。俺はただ、黙《だま》って総一郎さんの言葉の続きを待った。

「まず、今日一緒にいた女性ですが、あの人は夏目杜萌《ともえ》といって私の叔母《おば》です」

「……は？　おば？」

意味がわからず、俺はそう鸚鵡《おうむ》返《がえ》しする。

「はい。父の一番下の妹に当たります」

父の妹……叔母？

「嘘《うそ》でしょう？　そんな年には……」

「藤白の理事の一人でもあるので、資料を見れば写真があると思いますよ。あと、若く見えますがあれでそろそろ四十代ですから」

「よんじゅ……」

見えない。全然見えなかった。

けれど、写真があるとまで言われたら、あの人が総一郎さんの叔母であるということに関しては信じないわけにはいかなかった。

スーツが固かったのは、理事として来ていたからだったのかもしれない、と思う。

「で、でも、婚約者がいるのは本当なんですよね？」

俺の言葉に、総一郎さんが大きなため息をついた。

「婚約者だなんだという話を彼方に吹《ふ》き込めるのは一人だけなので、誰《だれ》が言ったのかは問いませんが、婚約者はいません。もう婚約は解消していますから」

「けどっ、最近その人とよく会ってるって……」

「それも聞いたんですか？」

めずらしく少し、苛立ちの滲《にじ》んだ声でそう言うと、またため息をつく。

「――――これはあまり言いたくなかったんですが……最近会っていたのは、婚約解消の件でちょっともめていたせいです」

「解消……」

「はい。あと別荘の件は、演劇部の公演が三日だと聞いていたからです。演劇部の部長に訊いたら、公演後は部活が休みだということでしたし、残りの日程だけでも彼方と一緒《いっしょ》に行けるのではないかと思って、押さえておいたんですよ」

俺と行くため……？

畳《たた》み掛《か》けるようにそう言われて、俺はぽかんとしてしまった。暗くてよかったと思う。

「え、でも、温泉って……言ってませんでした？」

「ええ。別荘はいくつかあるんですが、移動で疲れない程度の距離《きょり》にあって温泉がついているのはそこだけなので……」

別荘に、温泉。

そういえば、隆一先生もそこじゃなきゃ意味がないようなことを言っていた。

それって、温泉のことだったのか。

「…………」

「これでも、もう会わないって言うんですか？」

あの人は叔母さんで、婚約は解消されていて、別荘は俺と行くための温泉で……。

全部誤解だったということなのか。

そう思ったら、ほっとするのと同時に、自己嫌悪《けんお》に襲《おそ》われた。

「総一郎さんは……」

「え？」

「総一郎さんはいやにならないんですか？　こんなにいろいろ疑われて、それに俺ずっと総一郎さんのこと邪険《じやけん》にしてたのに今更《いまさら》……」

俺の言葉に、総一郎さんがクスリと笑う。

「邪険にされた覚えはないし、疑惑《ぎわく》の原因は隆一でしょう？　それに」

総一郎さんが暗闇《くらやみ》の中でシートベルトを外す音がした。

そして、ゆっくりと唇《くちびる》にキスが落ちる。

「やっと、彼方が恋《こい》してくれたのに、いやになるはずがない」

かちりと音がして、俺のほうのシートベルトが外された。

「それにしても、あんな苦しそうな声で『会うのはやめにします』なんて言われて、事故でも起こしたらどうする気だったんですか？」

「す、すみません……」

事故を起こしそうなほどショックだったのかと思うと、勘違《かんちが》いでそんなことを口走った自分が恥《は》ずかしくなった——んだけど。

「すぐにでもパーキングに停めたくなって、困りました」

「えっ？」

なんか、少しニュアンスが違《ちが》う気がして、首を傾《かし》げた。

「責任とってくださいね」

言葉と同時に、もう一度唇が合わさってきてあわてる。

「あああのっ」

俺は総一郎さんの胸を軽く押した。

「せ、責任って？　ま、まさかここでするんですか？」

「そう言っているように、聞こえませんでした？」

「でも……」

夜とはいえ車の中だ。もし誰かが通りかかったら、見られる可能性もある。

「いやなら、そのドアを開けて逃《に》げてもいいですよ」

けれど、そんな風に囁《ささや》かれて、逃げたいほどいやだと思っているわけじゃないことに気づいてしまう。

「…………」

「続けても？」

訊《き》かれて、結局はこくりと頷《うなず》いた。それから、頷いても見えないんだと思い出して、はいと返事をする。

手探《てさぐ》りでネクタイを解かれ、上から順にボタンを外される。

「っ……」

唇が胸に触《ふ》れ、探るように濡《ぬ》れた舌が這《は》った。

「暗いからわからないかと思いましたけど……」

「あっ……」

肌寒《はだざむ》いせいだろう、すでに硬《かた》くなってしまっていた乳首《ちくび》はすぐに見つけられてしまう。キスをされて、ビクリと肩《かた》が揺《ゆ》れた。

「……んぅっ」

もう片方の乳首を指先で捏《こ》ねられて、高い声が出てしまいそうになったのを、口元に手を当てて堪《た》える。

いつ誰が通るかわからないのに、声を出すわけにもいかない。

けれど、そんな俺に構わず、総一郎さんは容赦《ようしゃ》なく俺の官能を引き出していく。

「んっ…んーっ」

乳首を痛いくらい吸われ、舌で転がすようにされて体が震《ふる》えた。

指で弄《いじ》られているほうは、痛いくらい引っ張られて、それから親指と人差し指で紙縒《こよ》りを作るように擦《こす》られる。

「ひっ…んーっ…ん…ぅっ」

気持ちがよくて、何度も声がこぼれそうになった。

どうして、こんなに感じてしまうんだろう？

まだ、乳首を弄られているだけなのに……。

今までで一番、気持ちがいいような気がした。気持ちよくて、なんか頭がおかしくなりそうだと思う。

「そんなに気持ちいいですか？」

「んっ」

散々吸われてじんじんしている尖《とが》りを、親指で押し込むようにされてがくがくと頷いた。

それからまた見えていないことを思い出す。

「気持ち、いい……っ」

手のひらの下で、そっと口にすると、総一郎さんが小さく笑った気配がした。

「ああ本当ですね。こっちも気持ちよさそうになってる」

勃《た》ち上がり始めていた場所を、ズボンの上から探られる。手のひらで押すようにされると腰《こし》の奥から快感がじわりとにじみ出てくる気がした。

「触《さわ》って欲しい？」

「ほし……」

俺はためらわずに、そう言う。

総一郎さんが言うとおり、まだ触れられていない場所が痛いくらい張り詰《つ》めていて、もう我《が》慢《まん》できそうになかった。

けれど。

「だったら」

そう言って、なぜか総一郎さんはそっと体を離《はな》した。

「自分で脱《ぬ》いでくれますか？」

「えっ」

その言葉に一瞬驚《いっしゅんおどろ》いたけれど、確かにこんな狭《せま》い場所ではそうするしかないだろうと思う。

「っ……わ、わかりました」

俺は自分でズボンのボタンを外し、ファスナーを下ろす。

暗いし、見えてないはずなのに、車の中で自分から服を脱いでいると思うと、部屋の中で脱がされるよりもずっと恥ずかしいことをしている気がして落ち着かない。

「あ、あの……全部ですか？」

「はい、下は全部脱いでください」

まるで病院で医者が言うみたいな言い方だった。

それが普通《ふつう》なのかと思ってしまってから、いや、そんな馬鹿《ばか》なと思い直す。

けれど、しばらく逡巡《しゅんじゅん》したものの、結局は言われるまま、下着ごとズボンを脱いでしまった。

「ぬ、脱ぎました……」

「よくできました」

まるで子どもに言うように言って、総一郎さんは俺を膝《ひざ》の上に跨《また》がらせる。

「ああ、もうとろとろになってるじゃないですか」

腰を跨《また》いでいるせいで、大きく開いてしまっている足の間に手が入り込んだ。

「あっ……んぅっ……」

先走りで濡れているのを確認《かくにん》するように、つっと指で上から下までを一度辿《たど》られ、それからゆっくりと上下に扱《しご》かれる。

思わず声をこぼしてしまってから、あわてて口を覆《おお》った。

「んっ、んっ…っ」

「本当に乳首、弱いですよね」

右手で扱かれながら、さっきまで指で弄っていたほうの乳首を舐《な》められる。

「ふ…っぅ…んんっ」

反論することはできなかった。

口を塞《ふさ》いでいるというのもあるけれど、実際自分でもおかしいと思うくらい、気持ちがよかったから……。

手が動くたびに、そこがいやらしい音を立てるようになるまで、大して時間はかからなかった。

とろりと先走りがこぼれて、後ろにまで流れていくのがわかる。

「ふっ、んっ……んー……っ」

そして、そのまま俺はあっさり、総一郎さんの手の中でイカされてしまった。

「は……っ…あっ……」

荒《あら》い息を吐《は》いて、くったりと総一郎さんに寄りかかっていると、濡れた指が後ろに触れる。

「ま…って…っ……俺、まだ…っ」

「待てません」

いつになく性急に、総一郎さんはそう言って指先をぐっと押し込んできた。

「あっ、やぁっ…ふ…っ…ん…んっ」

足を開いているせいか、それとも濡れているせいなのか、そこはあっさりと総一郎さんの指を飲み込んだ。

イッたばかりで敏感《びんかん》になっている体が、びくびくと震える。

「は…っん…っ…んっんっ」

中を突《つ》かれて、そこがどんどん蕩《とろ》けていくのが分かる。

「…っ…く…ぅん」

指はすぐに二本、三本と増やされた。

けれど、痛みはなくて、ただもう早く総一郎さんのがほしくて……。

拒《こば》まないと、っていう気持ちがなくなったせいかもしれない。

もう、いくらでも、どれだけでもこの人を好きになっていいんだって、欲しがっていいんだって思うと……。

「そういちろ…さ…ん……！　も、入れて……ぇっ」

手のひらの下で、そう口にする。

総一郎さんは俺の言葉に息だけで笑って、少し体を離した。

「どうやって入れるか、もうわかってますよね？」

俺は、前回ソファでしたみたいに膝立ちになる。そして、促《うなが》されるままに腰を下ろした。

けれど。

「ん……っ」

「残念。外れです」

暗いせいでよく場所がわからず、総一郎さんのものが前に触れて、予想していなかった刺激《しげき》にびくりと肩が震える。

「ちゃんと支えて……そう」

促されるまま、総一郎さんのものを自分の手で支えるようにして、もう一度腰を下ろした。

総一郎さんのものが、指で開かれた場所に触《ふ》れ、ゆっくりと入り込んでくる。

「は……っ、ん…っ」

ようやく全部入れてから、総一郎さんの首筋に抱《だ》きつこうとしたら、腕《うで》を解かれた。

「やっ……」

どうしたのかと不思議に思った途端《とたん》、総一郎さんがシートを倒《たお》してしまう。

前回よりもずっと不安定な体勢に、俺は総一郎さんのものを受け入れたまま動けなくなってしまった。

「そ、総一郎さん……っ」

「どうしました？」

わかってるくせに聞き返してくるのが憎《にく》たらしいと思う。

いくら入れてもらっても、このままじゃ生殺しもいいところだ。

「好きに動いて構いませんよ？」

「………」

そんな風に言われても、どうしていいかわからなかった。

いや、正確には、わかるんだけど動けないというか……。

だって、いくら暗いといっても、さすがに目が慣れてきていて、それは総一郎さんも同じのはずで。

今、総一郎さんには俺の足から上が全部見えている、と思う。

「んっ……！」

どうしようどうしようと悩《なや》んでいたら、突然《とつぜん》総一郎さんが軽く腰《こし》を揺《ゆ》らした。

「上下が無理なら、前後に動いてもいいですよ？」

そう言ってまた軽く突き上げられて、俺は結局、我慢できずに腰を揺らしてしまう。

「ふ……んぅ……ん……っ！」

最初は軽くゆする程度だったのに、少しずつそれじゃ我慢できなくなってきて……勝手に腰が動いてしまうようになって。

「ん……ん…ぅっ…」

円を描《えが》くように、前後に腰を動かすと、総一郎さんのもので中をかき混ぜられて、体の奥が痺《しび》れたみたいに感じる。

その上、総一郎さんが思い出したように下から突き上げてきたり、散々弄《いじ》られて痛いくらい尖《とが》っている乳首《ちくび》や、一度イッたにもかかわらず、また硬《かた》くなり始めてしまったものに触れたりしてきて……。

「んっ、ん……！」

結局俺は、総一郎さんが一度イクよりも先に、二度目の絶頂を迎《むか》えてしまった。

「…っ…ん…は…ご、ごめんなさい…」

男として情けないというか、申し訳なくてそう謝ると、総一郎さんはなぜか俺の手を握《にぎ》った。

そして――。

「いいえ、好きなだけイッて構いませんよ…っ」

言うなり、ぐっと腰を突き上げられた。

「ひっ……あっ、あっんっ」

ぐっと深いところを突かれて、高い声がこぼれる。

口を塞がなければと思ったのに、手は総一郎さんに握られたままで……。

「やっ、ダメっ……声……あっあぁっ」

どんどんこぼれる声に耳を犯《おか》されている気さえした。

こんな声を出したら、絶対外に聞こえてしまう。そう思うのに止められない。

声を聞かれるのもいやだけど、それで不審《ふしん》に思って覗《のぞ》かれたりしたらどうしようと思うと、恥《は》ずかしくて泣きそうになる。

「あ、……は、っ、なして……っやあっ」

頭《かぶり》を振《ふ》っても、総一郎さんは手を離《はな》してくれない。もう羞恥《しゅうち》に頬《ほお》だけでなく、体まで燃えてしまいそうだった。

そして。

「ふ、あっ、あっ、あぁ……!!」

総一郎さんのもので中が濡《ぬ》れたのを感じて、がくがくと腰が震《ふる》え……そのあとはもう何もわからなくなってしまった……。

「いい湯ですよね」

石でできた広い湯船。

張られているのは無色透明《とうめい》の温泉で、ぽかぽかと体の芯《しん》まで温まる気がする。

だから、いい湯であることに反論があるわけではない……んだけど。

「…………」

「まだ怒《おこ》ってるんですか？」

ふー、と息をつく総一郎さんを俺はギロリと睨《にら》みつける。

「当たり前じゃないですかっ」

車で、総一郎さんとやってしまったあと、目を覚ますと俺は見知らぬ場所にいた。

そこは総一郎さんの言っていた、温泉つきの別荘《べっそう》で、俺はあのあと寝《ね》ている間にここまでつれてこられてしまったのだ。

といっても、怒っているのはそのことではない。

「どうして、あそこがガレージだってもっと早く教えてくれなかったんですか？」

そう。

総一郎さんと俺がエロイことをしていた間、車は総一郎さんの家のガレージに入っていて、シャッターまで閉まっていたらしい。

だから元から声も漏《も》れなかったし、人に覗かれる恐《おそ》れもなかったのである。

「ですから、見られるかもってどきどきしてる彼方がかわいかったからだって、言ってるじゃないですか」

「…………」

これで怒るなっていうのが無理だと思う。

ちなみに総一郎さんが俺にそのことを暴露《ばくろ》したのは、俺が最後に声を垂れ流してしまったことに関して文句を言いまくったからだ。

それがなかったら、ずっと黙《だま》っておくつもりだったに違《ちが》いない。

「大体、なんでガレージに停《と》めたなら、く、車の中でなんて……」

ぶつぶつと文句を言うと、総一郎さんはじっと俺を見つめてきた。

「――言ったらもう怒りません？」

子どもみたいな言葉に、実はもう怒っているというよりも、恥ずかしくてやつあたりしていただけだった俺は、しぶしぶという振りで頷《うなず》いた。

実際、こんな温泉でのんびりしつつ――しかもできたばかりの恋人《こいびと》と二人で、いつまでも険悪にしているのはもったいないと思っていたというのもある。

けれど。

「実は、あのとき彼方のほうのドアは、壁《かべ》ぎりぎりで開かないようになってたんです」

「…………は？」

総一郎さんが口にしたのは、考えてもみない理由だった。

ドアが開かない？

そんなに狭《せま》いガレージだっただろうかと思うけど、前に家に行ったときは普通《ふつう》に助手席側から降りられたはずだ。

ということは、停め方が極端《きょくたん》に左に寄っていたということだろうけど……。

「え、でも、あのとき総一郎さん、嫌《いや》ならドアから出てっていいみたいなことを……言っていたような記憶《きおく》があるんだけど」

「彼方なら、出て行かないでくれるって信じてたから言っただけです」

にこっと微笑《ほほえ》まれて、思わず納得《なっとく》しそうになったけど、ちょっと待て。

もし、俺がそんなの無理って言っていたらどうなっていたんだろう？

――――あれ？

「大体、彼方も悪いんですよ」

「え？」

「相手が運転している車の中で別れ話とか、無防備にもほどがあるでしょう？」

「む、無防備って……別に普通だと思いますけど……」

いや、俺だって怒った相手に、ドライブ先においていかれたというような話を聞いたことがないわけじゃない。

でも、総一郎さんがそんなことする人だとは思えなかったし。

そう考えて、はっとする。

でも、ドア、開かないようにされてたんだよな……？

それにそもそも、車を停めた時点では、俺はまだどうしてもう会わないと言い出したのかの理由も言っていなくて……？

「あの、もしも……もしもの話ですけど俺が総一郎さんの話を聞いても、プライベートでは会わないっていうのを撤回《てっかい》しなかったら、どうする気だったんですか？」

「――――彼方が私のことを、好きでいてくれてるのはわかっていたので、それはないと思ってましたよ」

にこにこと笑いながら言われて、俺はそれ以上突《つ》っ込むのはやめることにした。

というか、突っ込まないほうがいいような気がする。

総一郎さんてちょっと強引《ごういん》なところがあるよな、とは前々から思ってたんだけど……。

ひょっとして俺は、思っていたよりもずっと性質《たち》の悪い人を、好きになってしまったのかもしれない。

けれど、そんなことを思いつつも、こぼれたのはため息ではなく、苦笑《くしょう》だった。

あとがき

はじめまして、こんにちは。天野かづきです。この本をお手にとってくださって、ありがとうございます。

まだまだ寒い日が続いていますが、皆様《みなさま》どうお過ごしでしょうか？

わたしは今からすでに、花粉の脅威《きょうい》に怯《おび》えています。といっても、まだわたしは花粉症《しょう》ではありません。でもこの前、天気予報を見ていたら、今年は特に花粉の飛散量が多いので、今年花粉症デビューしてしまう人も多いのでは？　なんて言っていて、にわかに心配になってしまいました。

しかも、「まぁ、家に引きこもってるし平気だよね～」と呟《つぶや》いた途端《とたん》、テレビの中のお天気お姉さんに「今、引きこもっていれば大丈夫《だいじょうぶ》と思った方、実はそうでもないんです！」と釘《くぎ》を刺《さ》されてしまい……。これが双方向《そうほうこう》通信てやつか、とか思ってしまいました。うそです。すみません。

とりあえずそんなわけで、とても心配な花粉症。ただでさえ集中力がないのに、鼻や目が痒《かゆ》かったり、薬でボーっとしたりしていたら、春の間中、なんにもできなくなってしまいそうな気がします。考えるだけでおそろしい。春はできるだけ花粉を浴びずにすむように、気をつけて生きたいと思います（キリッ）。

さて、今回のお話は高校教諭《きょうゆ》同士の恋愛《れんあい》です。といっても、受は新任教師、攻《せめ》は次期理事長と、ちょっぴり身分差の要素もあったりして……。一夜限りと思って関係した相手と職場で再会してしまった受。しかも相手は同じ職場なだけでなく次期理事長で、自分の進退を考えると逆らうこともできず——みたいなお話です。

イラストを水名瀬雅良先生が引き受けてくださると、前もって聞いていたので、できるだけイラストに合うような大人っぽいキャラを……と思ってプロットを立てたのですが、書いてみたらやっぱりいつも通りだった気がします。おかしい。

もし、少しでも大人っぽく感じていただけたなら、きっと素敵《すてき》なイラストのおかげだと思います。水無瀬先生、麗《うるわ》しいイラストを本当にありがとうございました。

　ところで実はこの本、わたしが出版していただいた二十一冊目の本になります。二十一……中途半端《ちゅうとはんぱ》ですよね、はい。前回二十冊目だったことに気づかなかったのでした。どれだけぼんやり生きているのかという話です。

　正直、デビューしたときは、自分がこんなに長くお仕事を続けさせていただけるとは、想像もしていませんでした。というか、先のことを考えている余裕《よゆう》もなかったというか……。一冊ずつ本を出していただいて、毎回毎回ギリギリの生き様で、積み重ねているうちにいつの間にか、という感じがしています。

　ここまで、わたしががんばってこられたのは、わたしの本を読んでくださっている読者の皆様、素敵なイラストで本を飾《かざ》ってくださるイラストレーター様、ぐだぐだでつじつまの合わない文章の校正をしてくださる校正の方、そして誰《だれ》よりも、デビュー以来ずっと支えてくださった、担当の相澤さんのおかげです。

　すべての方に、感謝しても感謝しきれない気持ちでいっぱいです。本当にありがとうございます。こんな大事なことを、二十一冊目で言ってしまうような、至らないわたしですが、これからもぜひ、よろしくお願いします。

　では、最後になりましたが、この本を手に取ってくださった皆様。本当に本当にありがとうございました。少しでも楽しんでいただけましたでしょうか？　もしそうであれば、これに勝《まさ》る喜びはありません。

皆様のご健康とご多幸、そして再びお目にかかれることを、心からお祈《いの》りしております。

天野かづき

二〇一一年一月

KADOKAWA RUBY BUNKO

夏目総一郎《なつめそういちろう》の恋愛《れんあい》

天野《あまの》かづき

角川ルビー文庫　R97-21　16716

平成23年3月1日　初版発行

発行者——井上伸一郎
発行所——株式会社角川書店
東京都千代田区富士見2-13-3
電話/編集(03)3238-8697
〒102-8078
発売元——株式会社角川グループパブリッシング
東京都千代田区富士見2-13-3
電話/営業(03)3238-8521
〒102-8177
http://www.kadokawa.co.jp
印刷所——旭印刷　製本所——BBC
装幀者——鈴木洋介

ISBN978-4-04-449421-6　C0193　定価はカバーに明記してあります。

KADOKAWA RUBY BUNKO

角川ルビー文庫

いつも「ルビー文庫」を
ご愛読いただきありがとうございます。
今回の作品はいかがでしたか?
ぜひ、ご感想をお寄せください。

〈ファンレターのあて先〉

〒102-8078 東京都千代田区富士見 2-13-3
角川書店 ルビー文庫編集部気付
「天野かづき 先生」係

獣医さんと一緒！
天野かづき
イラスト／こうじま奈月
Avec un vétérinaire
サド系獣医×ワンコ系教師の
ペットライフ♥
大嫌いな獣医・門倉になぜか愛犬を預けられていた神名は、
犬を取り返そうとするのですが…!?

初めてなんだし…もうちょっと、
ゆっくり…っていうか…。
初恋スキャンダル
FIRST LOVE SCANDAL
色男3兄弟vs平凡大学生で贈る
家庭内ラブ・スキャンダル！
親の転勤のために幼なじみの
3兄弟が住む家に預けられている颯太。
次男の朗に「好きだ」と告白された上に、
他の2人にも…!?
天野かづき
KAZUKI AMANO
イラスト
海老原由里
ルビー文庫

天野かづき
KAZUKI AMANO
イラスト
海老原由里
嘘…だろ？
本当に、入っちゃったの……？
恋愛スキャンダル
LOVE SCANDAL
超有名芸能人×花屋さんの
勘違いから始まるスキャンダル・ラブ！
配達先で人気俳優の穂高に「デリヘル」と
間違われてしまったフラワーショップ勤務の環。
「この仕事が俺の天職」なんて言ってしまって…？
ルビー文庫

天野かづき
Kazuki Amano
イラスト
陸裕千景子
ずっと、そばにいて欲しいんだ――……。
恋愛依存症の彼
恋の病にかかった男×一目惚れの被害者で贈る
運命的ラブ・シンドローム!
発病後に目があった相手に
一目惚れをしてしまうという病気の
患者・巴川に惚れられてしまった
匡平ですが…?
ルビー文庫